プロローグ

昔《むかし》、人の世には、「災《わざわ》い」はなかった——。

人間を創《つく》った神・プロメテウスが、
人間に「火」を与《あた》えたことに怒《いか》った神々は、
「決して開けてはいけない」という箱《はこ》をパンドラに持たせ、
プロメテウスの弟エピメテウスの元へ送り込んだ。
美しいパンドラにひかれたエピメテウスは、
兄プロメテウスの忠告《ちゅうこく》を忘《わす》れ、彼女と結婚した。
「開けてはいけない」という約束は、
箱を開けさせるための、神々の罠《わな》であった。
ある日、パンドラは、好奇心《こうきしん》に負けて、
箱を開けてしまう。

私の人生は、お前のおかげで幸せだったよ。
どちらのコードを切ればよいか指示をお願いします！
に意外な結末
あなたがたジェネシス社は、
我々の侵略は、地球にバレている!!
Gakken

「5分後に意外な結末」シリーズ

5秒後

パンドラの赤い箱

桃戸ハル 編著
usi 絵

流刑だけはやめてくれ！流刑にされるくらいなら、
俺も、お前だけを見てるから
黙って、私の言うとおりにすればいいんです。
あなたがたジェネシス社は、

すると、箱《はこ》の中から、
不安、嫉妬《しっと》、犯罪《はんざい》、苦悩《くのう》、争《あらそ》い、欠乏《けつぼう》、疫病《えきびょう》…
その他、ありとあらゆる「災厄《さいやく》」があふれだし、
人の世に広がっていった。
パンドラは、すぐに箱のふたを閉じたが、
箱の中には、一つのものが残されただけだった。
そのただ一つのもの――それは「希望」である。

箱の中には「希望」が残った――
希望という「生きる望み」は手元に残ったのか、
希望という「生きる望み」は閉じ込められたのか、
そもそも、希望は、人間を幸福に導くものなのか、
それとも、人間を不幸にする災厄なのだろうか。

目次

contents

ブックデザイン・Siun
編集協力・高木直子

＊本書の制作にあたっては、古今東西のジョーク・小咄、ギャグ、コント、名言、またその手法などを参考にさせていただきました。

第1話
超《ちょう》人《じん》になった男

かつて、その男は、
超人になることを夢見ていた。
超人のように空を飛び、
困《こま》っている人のもとへ現《あらわ》れ、
そのような人たちを
助けたいと思っていたのだ。

——今、俺は、超人になって
空を飛んでいる。

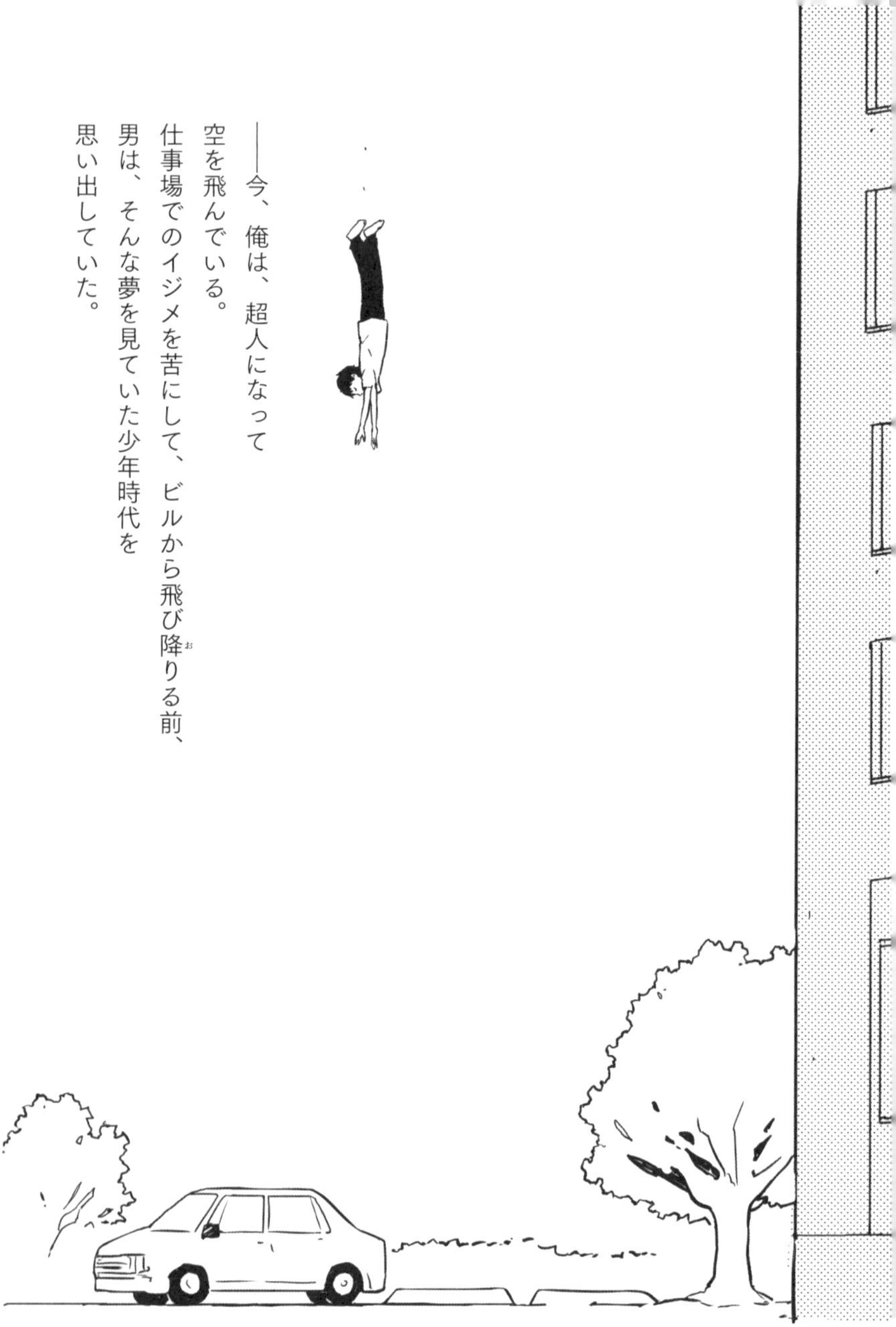

——今、俺は、超人になって
空を飛んでいる。
仕事場でのイジメを苦にして、ビルから飛び降《お》りる前、
男は、そんな夢を見ていた少年時代を
思い出していた。

第2話
発見された珍種《ちんしゅ》

その動物は、誰《だれ》も
探検《たんけん》したことのない洞窟《どうくつ》で
生きたまま発見され、
動物園に陳列《ちんれつ》される
ことになった。

その動物は、
かつて高度な文明を構築《こうちく》し
地球を支配したが、
同じ種族同士の戦争で
絶滅《ぜつめつ》したとされる
「ヒト（ヒューマン）」
という動物だと推定《すいてい》された。
「愚《おろ》かな行いをする動物」を
一目見ようと、
多くの客が動物園に押《お》し寄《よ》せた。

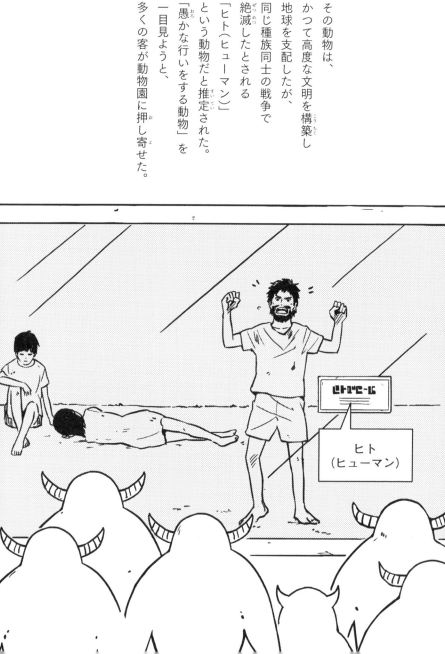

第3話

夫婦ゲンカ

ささいなことで、
夫婦ゲンカになった。
今までは我慢《がまん》してきたが、
もう妻《つま》を許《ゆる》すことはできない。
私の怒《いか》りが本物《ほんもの》だと知ると、
妻は、私の目の前で手をついた。

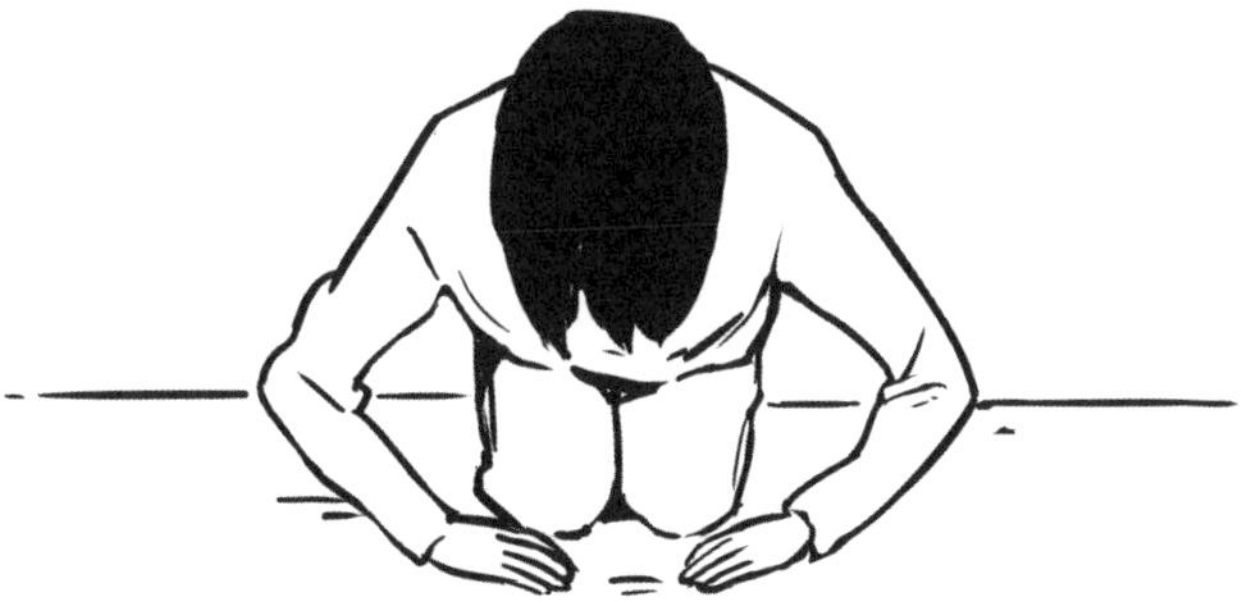

しかし、私は、
絶対に妻を許《ゆる》さない。
そして、ここから出ることもない。
ここにいれば、
妻に殴《なぐ》られることもないからだ。

第4話
銀行強盗《ごうとう》

白昼堂々《はくちゅうどうどう》、
銀行に強盗団が押《お》し入《い》った。
中にいた行員《こういん》とお客たちは、
壁際《かべぎわ》に整列させられた。
強盗のひとりは、
整列させられた人々に
大声で言った。

ポケットの中のもの、
身につけているものも
全部だせ。
サイフやアクセサリーもだ

並《なら》ばせられた客の中には、
スズキとサトウという、
同じ会社に勤《つと》める二人がいた。
スズキが、強盗《ごうとう》のスキをついて、
サトウに何か
紙片《しへん》のようなものを渡《わた》した。
そして、小さな声で
つぶやいた。

第5話

未来の世界から来た少年

その少年は、
「自分は、未来の世界から来た」
と言った。
いきなり話しかけられた
大工《だいく》の棟梁《とうりょう》は、
返事をするのも
面倒《めんどう》くさそうに、
その男を追《お》い払《はら》った。

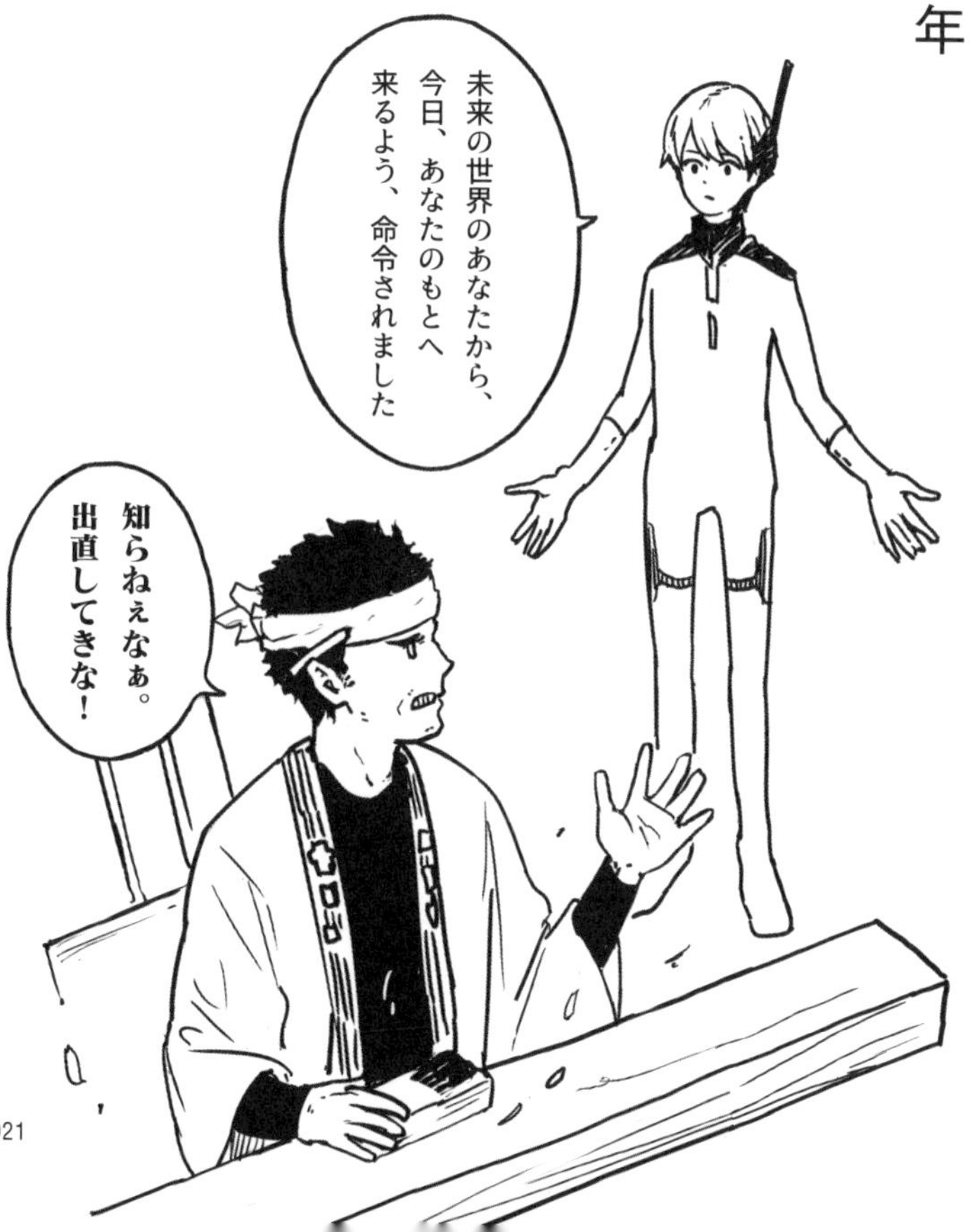
未来の世界のあなたから、今日、あなたのもとへ来るよう、命令されました
知らねぇなぁ。出直してきな！

2日後——

再び現《あらわ》れたその少年は、
しつこく話しかけてきた。
棟梁《とうりょう》は、
べらんめえ口調《くちょう》で、
怒鳴《どな》った。
「おととい来やがれ！」

第6話

影《かげ》武《む》者《しゃ》の使命

とある戦《せん》国《ごく》武《ぶ》将《しょう》が、戦《いくさ》のさなか、
敵兵に襲《おそ》われ、重傷《じゅうしょう》を負《お》った。
大将《たいしょう》が命を落とせば、
戦は敗戦が決まる。
暗殺にそなえ、
戦国武将のふりをして暮《く》らす
五人の影武者たちが呼《よ》ばれた。

集まった影武者《かげむしゃ》たちに向かって、
武将に仕《つか》える重臣《じゅうしん》が言った。
「皆《みな》の者《もの》、安心するがよい。
おやかた様は、
一命《いちめい》を取りとめた。
しかし、おやかた様は
敵の兵に斬《き》られ、
肩《かた》から先、右腕《みぎうで》を失ってしまった。
だから、影武者のお主《ぬし》らも…」

第7話

スパイ危機《きき》一髪《いっぱつ》

彼は、多くの国から
命を狙《ねら》われる、
国際的なスパイであった。
その日、武器も奪《うば》われ、丸腰《まるごし》の彼は、
十字路に追《お》い込《こ》まれた。
4本の道はそれぞれ細く
すべての道からクルマが迫《せま》り、
身を隠《かく》す隙間《すきま》もない。

スパイの計算通りだった。
クルマが同時に衝突《しょうとつ》したため、
中央に隙間《すきま》ができた。

衝突したクルマを乗《の》り越《こ》え、
スパイは、ゆうゆうと、
その場を立ち去っていった。

第8話

代わりとなる人材

その国の宰相《さいしょう》が暗殺された。
彼は、国王の右腕《みぎうで》として信頼《しんらい》される、
優秀《ゆうしゅう》な大臣《だいじん》であった。
実は、彼を暗殺したのは、
宰相の部下《ぶか》の一人《ひとり》だった。
宰相の葬儀《そうぎ》の日、
しめやかに棺《ひつぎ》が運ばれる中、
その暗殺者は、
何食わぬ顔をして、
国王の耳元でささやいた。

国王は、
宰相《さいしょう》の死の真相を
知ってか、
知らずか、
怒《いか》りと悲しみを
たたえた表情で、
冷たく答えた。
それは有難《ありがた》い話だな。
お前が、宰相の代わりに、あの棺《ひつぎ》の中に入ってくれるということだな。
こんなに嬉《うれ》しいことはないぞ

第9話

超《ちょう》能《のう》力《りょく》者《しゃ》の決断

男はテレキネシス（念動力《ねんどうりょく》）をもった、
超能力者であった。
しかし、能力を封印《ふういん》して
能力者であることを隠《かく》し、
静かに暮《く》らしていた。
その夜、国道の暗い道を
歩いていた男は、
道路を横断しようとして
転んでいる少女を見た。
そのとき、猛《もう》スピードで接近《せっきん》する
2つのヘッドライトの光が、
少女を照《て》らした。
男は、能力を解放《かいほう》する決意をした。

2つのヘッドライトは、
ピタリと静止した。
少女は泣《な》いてはいるが、
怪《け》我《が》はないようだ。
ヘッドライトは
クルマのものではなかった。
急停止《きゅうていし》させられた
2台のオートバイから
投げ出された
二人《ふたり》の運転者は、
勢《いきお》いよく道路に
投げ出された。
身体《からだ》を強く打ちつけたのか、
彼らの首はへんな方向に
曲《ま》がっていた。

第10話

心《しん》霊《れい》写真

ホームパーティの最中《さなか》、
皆《みな》を写した写真を見て、
その場にいた全員が凍《こお》りついた。
その写真に写る部屋の窓《まど》に、
恨《うら》めしそうな表情をした
男の顔が浮《う》かび上がっていたからだ。
一同は、「光の加《か》減《げん》でそう見えるだけだ」
と笑うケイコを残し、近所に住む、
高名《こうめい》な霊能者《れいのうしゃ》に相談しに行くことにした。

霊能者は、写真を見るなり断言した。
「ここには、霊なんか写っていないよ。
この写真からは、霊気はまったく
感じられないからね」
「じゃあ、ここに写っているものは
何なんですか!?
これは、光の加減《かげん》でも、
映《うつ》りこみでもないですよ!」
霊能者は、一呼吸を置いて言った。
「何って、ただの人間だろ?
あなたたちの仲間じゃないのかい?」

第11話

完全犯罪

死体が発見されなければ、
殺人事件として立件《りっけん》されることはない――。
男は、誰《だれ》も足を踏《ふ》み入《い》れることのない
山の奥深《おくふか》くの竹林に死体を埋《う》めた。
数ヶ月後、男は、自分が絞首刑《こうしゅけい》台で、
首をつられている夢《ゆめ》を、
何度も見るようになった。
予知夢《よちむ》かもしれない。
男は、死体を埋めた場所に戻《もど》り、
地面を掘《ほ》った。
しかし、死体は、
あとかたもなく消えていた。

からみつくような視線《しせん》を感じ、
男はふと頭上を見た。
未来の自分の姿《すがた》を
暗示するように、
伸《の》びた竹に持ち上げられ、
吊《つる》された死体が、
暗い眼窩《がんか》で
男を見下《みお》ろしていた。

第12話

蛍《けい》雪《せつ》の功《こう》

ゲームで遊んでばかりいる
息子《むすこ》に父親が言った。
「お前は、『蛍雪の功』という
言葉を知っているか?」
息子は、ゲームから目を離《はな》さず、
首を振《ふ》った。
「昔《むかし》、中国で、灯火《とうか》の油が
買えないほど貧《まず》しかったから、
夜、蛍《ほたる》の光で勉学にはげみ、
出世《しゅっせ》した人のことわざだ。
勉強っていうのは、
それほど苦労してもすべきものなんだ」

息子《むすこ》は、ゲームをする手を止め、
父親のほうを振《ふ》り向《む》いて言った。
「お父さん、その中国の人、
夜はホタルの光で勉強していた
かもしれないけど、
昼間は何をしていたと思う？
僕《ぼく》、思うんだけど、その人、昼間は、
ホタルを捕《つか》まえていたんじゃないかな。
その人の家が貧しかったのは、
たぶん要領《ようりょう》の悪さが原因だよ」
父親は、力なくがっくりとうなだれた。

第13話

疑《うたが》いの目

雷鳴《らいめい》が轟《とどろ》く嵐《あらし》の夜に、悲劇《ひげき》は起こった。
伯爵家《はくしゃくけ》の当主《とうしゅ》が、屋敷《やしき》の中で、
何者かに刺殺《しさつ》されたのである。
さっそく名探偵《めいたんてい》が呼《よ》ばれ、
取り調べを行った。
顔を手で覆《おお》い、泣《な》き崩《くず》れる伯爵夫人、
いがみ合う子ども達《たち》、
何かを企《たくら》んでいそうな執事《しつじ》…。
探偵は、ひとり一人《ひとり》から話を聞き、
その脳細胞《のうさいぼう》をフル回転させ、
ひとつの真実《しんじつ》にたどりついた。
「犯人《はんにん》はあなたですね」
探偵が指さした先には、
未亡人《みぼうじん》となった伯爵夫人がいた。

探偵《たんてい》の推理《すいり》は、居合《いあ》わせた全員を驚《おどろ》かせた。
しかし、緻密《ちみつ》な論理《ろんり》と人間観察《かんさつ》によって、
伯爵夫人《はくしゃくふじん》のトリックは、すべて見破《みやぶ》られた。
ついに伯爵夫人は、これまでに着《つ》けていた
「悲しみの仮面《かめん》」をはずし、高笑《たかわら》いしながら言った。
「その通りよ、私《わたし》があの人を殺《ころ》したのよ。
あなたの推理は、すべて正しいわ。でも不思議《ふしぎ》ね。
はじめから私を犯人だと考えなければ、
あなたの推理は成り立たないはずよ。
あなた、いつから私のことを疑《うたが》っていたの?」
探偵は悲しげな表情で言った。
「はじめからですよ、マダム。
私がここに到着《とうちゃく》したとき、
あなたは伯爵の死を悼《いた》んで泣《な》いていました。
しかし、一瞬《いっしゅん》の稲光《いなびかり》が、あなたの本心を
照《て》らし出したのです」

第14話

インベーダー —侵略者《しんりゃくしゃ》たち—

その生命体は、新しい居住《きょじゅう》地《ち》として、地球を選んだ。
まず、数万からなる先発隊が宇宙船《うちゅうせん》から派遣《はけん》された。
環境《かんきょう》や食糧《しょくりょう》の適性を調べるためである。
ひそかに潜伏《せんぷく》、そして増殖《ぞうしょく》し、
いつの間にか、その惑星《わくせい》を支配する。
それが、その生命体の移住計画であった。
しかし、先発隊から驚《おどろ》くべき報告がされた。

——地球には、すでに、その生命体を生《い》け捕《ど》りにする
トラップがしかけられており、
また、巧妙《こうみょう》に潜伏しているのにもかかわらず、
的確《てきかく》に生命体を発見し、
攻撃《こうげき》をしかけてくるのだという。
先発隊は全滅《ぜんめつ》しかけていた。

宇宙船の母艦《ぼかん》では、
内通者《ないつうしゃ》狩《が》りが行われた。

その生命体は知らなかった。
彼らの姿形《すがたかたち》が、
地球の昆虫《こんちゅう》である「ゴキブリ」に
そっくりであることを。

第15話
すご腕《うで》のセールスマン

マイクは、生前、ものすごいセールス技《ぎ》術《じゅつ》で、
営業成績を伸《の》ばしたセールスマンであった。
彼《かれ》のセールス技術の特《とく》徴《ちょう》は、
話の技術ではなく、足ワザにあった。
「セールスお断《ことわ》り」と、
ドアが閉《し》められそうになる瞬《しゅん》間《かん》、
安全グッツを挟《はさ》み、
ドアを閉《し》められなくするのだ。
その方法ゆえ、マイクは、
「悪《あく》徳《とく》セールスマン」と言われることも多かった。
そんな彼が死んだ。気づいたときには、
彼は、天国の階《かい》段《だん》を昇《のぼ》っていた。

マイクが天国の扉《とびら》を開《あ》けようとすると、
扉が半分だけ開《ひら》かれ、
神のような風貌《ふうぼう》をした者が現《あらわ》れた。
神は、名簿《めいぼ》のようなものと
マイクの顔を見比《みくら》べて、
冷たい口調《くちょう》で言った。
「お前がこちらに来たのは間違《まちが》いじゃ。
残念《ざんねん》ながら、お前は、下に向かう
階段を降《お》りるはずじゃった。
立ち去るがよい」
そして、神は扉を閉じようとした――。
その瞬間、マイクは足を扉に挟《はさ》み込《こ》んで、
強引《ごういん》に扉を開けた。
今では、マイクは天国の住人である。

第16話

平和な街《まち》

前の戦争が
終わって100年。
その日、その国では、
平和パレードが行われ、
誰《だれ》もが平和を享受《きょうじゅ》していた。
しかし、そのとき、
街に光る物体が近づいていることに
誰も気づいていなかった。

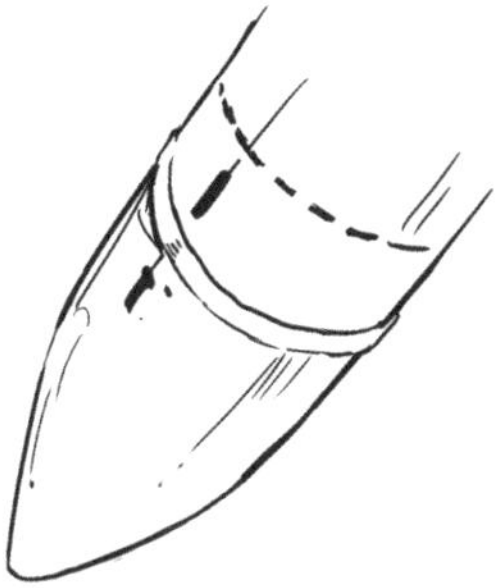

光るオモチャをもった子どもは、
「平和」の大切さを知らなかった。
でも、それでもよかった。
「平和」が特《とく》別《べつ》なことで
あってはならないと、
大人たちは思ったからだ。

第17話
大食いタレントの資質

「大食いなら、絶対に負けない」という男が、タレント事務所に所属することになった。

はじめ、「そんな特技、芸能界では珍《めずら》しくない」と言われ、月に1回、テレビ出演があるかないかだったが、だんだんとテレビやイベントへのオファーが増え、とうとう1日に5回のテレビ収録《しゅうろく》、その合間《あいま》をぬってのイベント出演をしなければいけないようなスケジュールになった。

つまりは、1日中食べ続けなければいけないのだ。

「つらいかもしれないが、それが芸能界だ。仕事を選んでいたら、いつか仕事はこなくなる。頑張《がんば》るのか、頑張らないのか、お前が結論《けつろん》をだせ」

社長の叱咤《しった》に、大食いタレントは不安を隠《かく》そうともせず言った。

「仕事は…、食べるのは好きだから、
なんとか頑張《がんば》りたいと思います。
でも、忙《いそが》しすぎるのは…。
ひとつだけお願いがあります。
どんなに忙しくなっても、
朝昼晩のご飯だけは、
その三度の食事の時間だけは
確保《かくほ》していただきたいんです！」

第18話

王妃の願《ねが》い

フランス革命《かくめい》で捕《つか》まり、牢《ろう》に入れられているマリー・アントワネットに刑吏《けいり》が言った。

「あなたがこれまでの行いを悔《く》いて、つつましい生活を送ることができるなら、刑《けい》の執行《しっこう》は猶予《ゆうよ》されるかもしれません。

今日の食事は、好きなものを選ぶことができます。

何か希望はありますか?」

好きな食事を選べる、ということは、今日、刑が執行されるということなのだろうか。

アントワネットは少し考えて言った。

「そうしましたら、
ワインを1杯《ぱい》だけいただけるかしら。
できたら、『1798年もの』の
ワインをお願《ねが》いしますわ」
刑吏《けいり》は、大きなため息をついて、
牢《ろう》をあとにした。
「この期《ご》に及《およ》んで、
ワインの年代を指定してくるなんて、
あの女は、まったく後悔《こうかい》なんてしていない！」
そして、1793年、刑は執行《しっこう》され、
マリー・アントワネットは
ギロチン台の露《つゆ》と消えた。
「5年後にもワインを飲んでいたい」という、
王妃のささやかなエスプリは、
刑吏には理解されることがなかった。

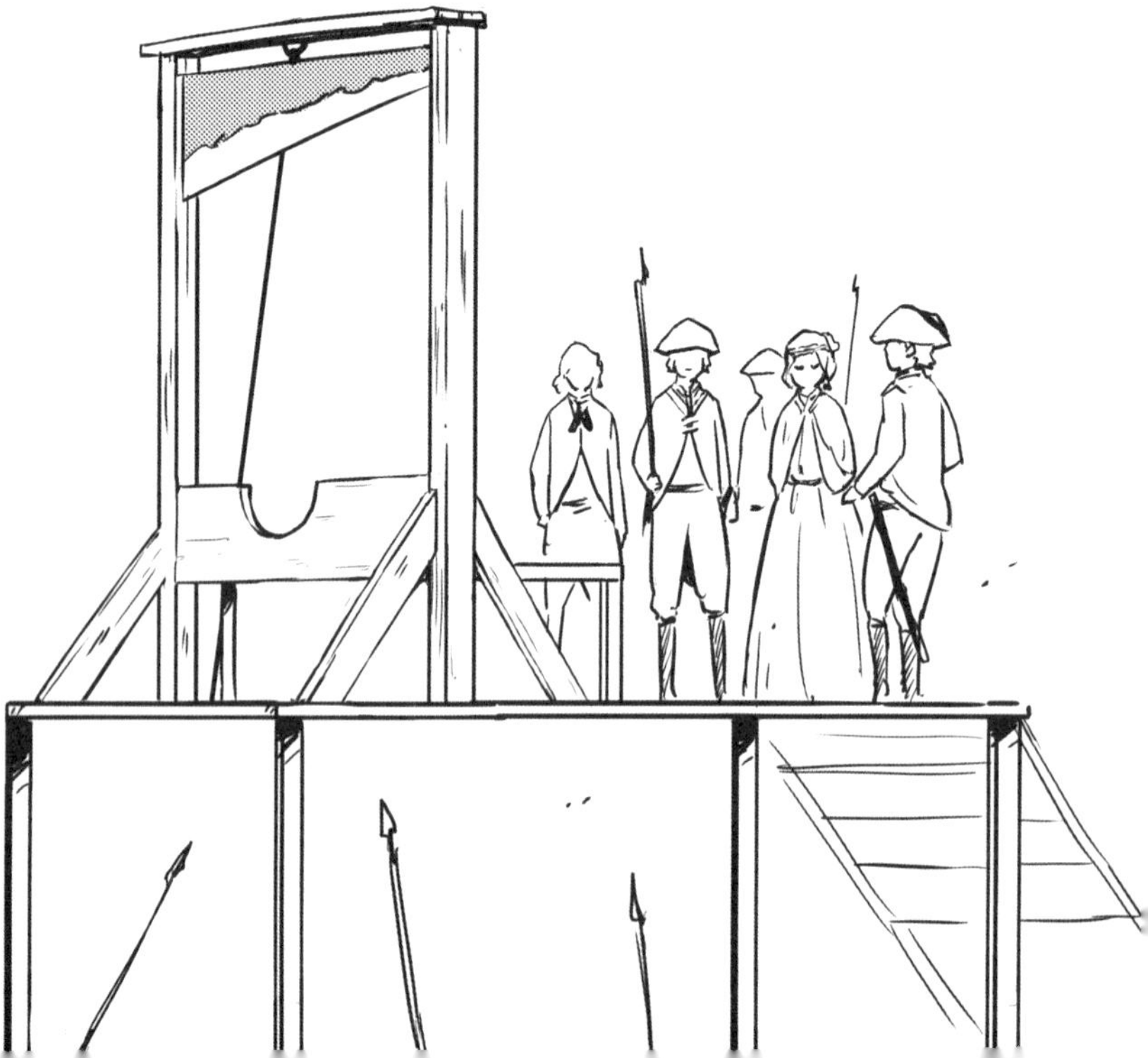

第19話
判決《はんけつ》

その被告人《ひこくにん》は、
殺人事件の犯人として裁判《さいばん》にかけられていた。
現行犯逮捕《たいほ》であり、犯人であることは間違《まちが》いなかったが、
その動機は、警察の取り調べではわからなかった。
裁判で被告人が動機として語ったのは、
自身の病気についてであった。
長くない自分の命をはかなみ、無関係な命を奪《うば》ってしまった――。
「そんな言い訳、嘘《うそ》だ!!」。遺族《いぞく》が傍聴席《ぼうちょうせき》から叫《さけ》ぶ。
裁判長は、被告人を優《やさ》しくさとすように言った。
『生きたい』と願《ねが》う強い心があれば、病魔《びょうま》にも負けず、
無辜《むこ》の命を奪うこともなかったのではないですか。
あなたの人生は、あなたの心の持ち方で変わるんです。
戦いをあきらめないことです」

被告人《ひこくにん》は涙《なみだ》を流しながら、
裁判長《さいばんちょう》の言葉に、
何度も何度も強くうなずいた。
そして、陳述《ちんじゅつ》は終わり、
裁判長は、
おごそかに判決《はんけつ》文を読み上げた。
「主文《しゅぶん》　被告人を死刑《しけい》と処《しょ》す――」

第20話

控訴《こうそ》

第一審《だいいっしん》で死刑を宣告《せんこく》された被告人《ひこくにん》が、
高等裁判所に控訴し、
再び裁判が始まった。
しかし、裁判の途中《とちゅう》、
被告人は重い病《やまい》に倒《たお》れ、
危篤《きとく》状態に陥《おちい》った。
被告人には、
緊急《きんきゅう》の手術がほどこされた——。

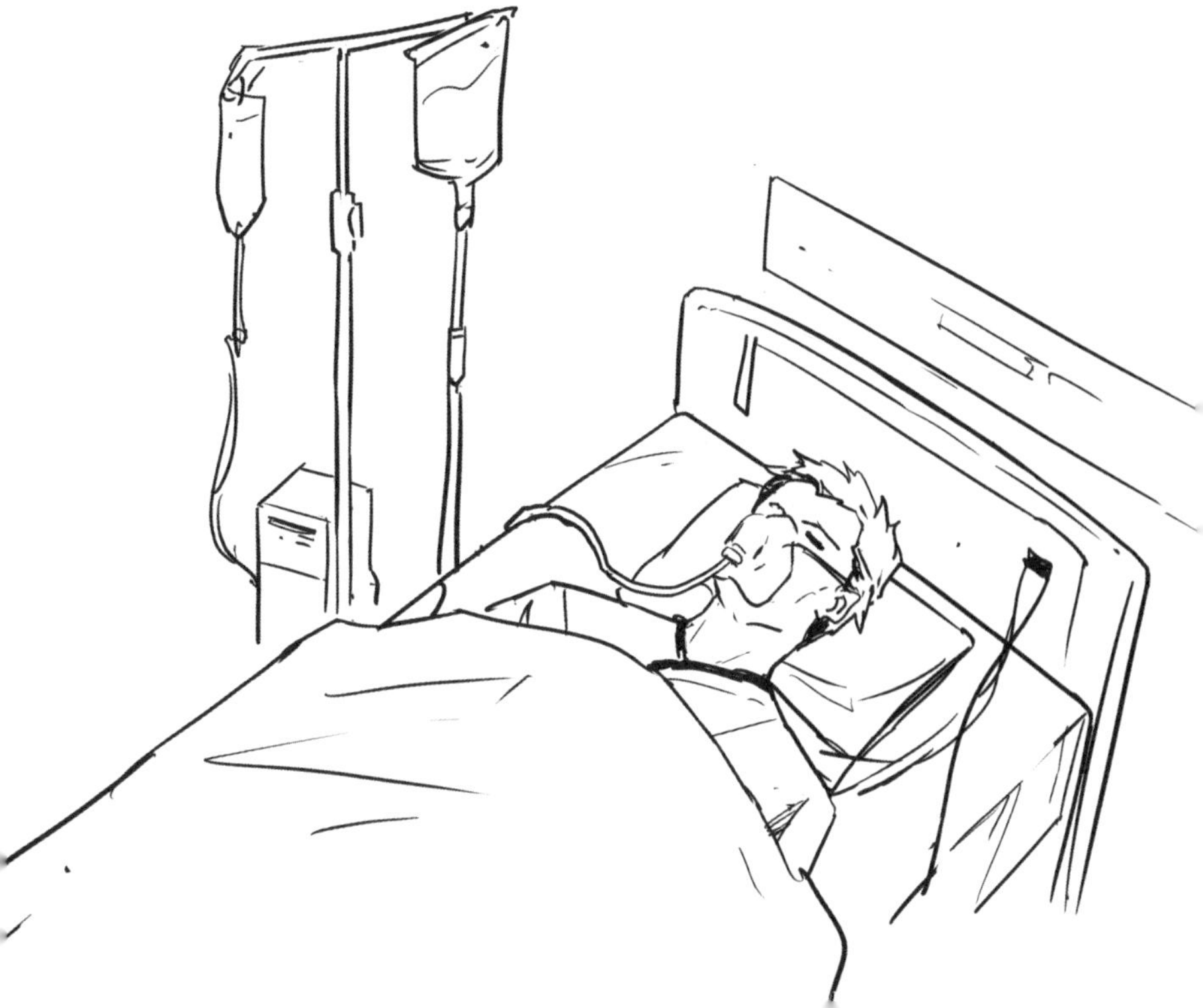

1年後、体調が回復し、
再び法廷《ほうてい》に立った被告人に、
高等裁判所《さいばんしょ》の裁判長が告げた。
「主文《しゅぶん》　被告人を死刑《しけい》と処《しょ》す――」
それを聞いた、被告人は、大声で抗議《こうぎ》した。
「なぜ、あなたがたは、私を助けたんですか！
なぜ、あのまま私を死なせてくれなかったんですか!!」
裁判長は冷たく言った。
「裁判は、罪を裁《さば》いたり、
判決を言い渡《わた》すだけのものではない。
なぜ犯人は罪を犯《おか》したのか、
なぜ被害者は死ななければいけなかったのか、
その真実をつまびらかにするのが裁判なんですよ。
それに被告人は、３人の尊《たっと》い命を奪《うば》っています。
２回死んで償《つぐな》えるものではないはずです」

第21話

長寿《ちょうじゅ》の秘訣《ひけつ》

その町で、100歳《さい》を超《こ》える長寿者がでたのは、
はじめてのことであった。
新聞記者が、それを記念した記事を作るため、
老人の元へ取材に赴《おもむ》いた。
「あなたがこれほど長生きできた秘訣は何ですか？
これまでに病気などで、
命の危機《きき》に直面したことはなかったのですか？」
老人は、遠い過去の記憶《きおく》を掘《ほ》り起《お》こしながら答えた。
「大きな病気は、生まれてから
一度もしたことがないのぉ。
ただ、命の危機と言えば、一度あったなぁ」

「……もう80年も前のことになるが、
この町で、連続通《とお》り魔《ま》事件が
起きたのは知っているか？」
その事件は、
この町の最も忌《い》まわしい歴史《れきし》で、
10人以上の尊《とうと》い命が犠牲《ぎせい》になり、
多数の負傷者もでた。
「もちろんです。結局、
犯人は捕《つか》まりませんでしたよね。
まさか、おじいさんは、
あの事件で重傷を負った…」
老人は、さえぎるように言った。
「逆《ぎゃく》じゃよ。ワシが犯人《はんにん》だったんじゃよ。
一度、警察《けいさつ》に調べられたことがあったんじゃが、
なんとかごまかしたんじゃ。
あそこで逮捕《たいほ》されていたら、
間違《まちが》いなく死刑《しけい》だったじゃろうな。イヒヒヒヒ」

第22話

たとえ嵐《あらし》が吹《ふ》こうとも

今、ミキが胸《むね》をときめかせているのは、ユウタからの告白が、ラブレターという奥《おく》ゆかしい手段だったからだけではない。

「ミキが助けを求めるときには、何があっても、オレはすぐに駆《か》けつける…」

「たとえ、土砂降《どしゃぶ》りの雨だろうが、嵐が吹こうが、オレはミキの傘《かさ》になって、ミキを守る」など、そこにはあふれんばかりの想《おも》いが書きつづられていたからである。

ちょうどそのとき、電話が鳴った。

ユウタからである。

ミキ、手紙を読んでくれた？オレの彼女になってほしい！
うん。私も、ユウタのことが大好きだよ

ユウタは、跳《と》び上がるほど嬉《うれ》しくなった。
そして、喜《よろこ》びを抑《おさ》えきれず、
ミキに言った。
「じゃあ明日《あした》、デートしよう。
そうだ、遊園地《ゆうえんち》に行こう！
ミキとふたりで遊園地に行けるなんて、
夢《ゆめ》みたいだ。あっ…」
ユウタは、何かを思い出したようで、
「ちょっと待ってて」と言うと、
いったん電話を切った。
そして、数分後、ふたたび電話を
かけてきて言った。

ミキ、今、
テレビで
天気予報《てんきよほう》を見たら、
明日は大雨に
なるらしいよ。
大雨だったら、
いや、小雨《こさめ》でも、
濡《ぬ》れるのは嫌《いや》だから、
雨が降《ふ》ってたら、
デートは、
別の日に延期《えんき》しよう
20:58
明日の天気
100%
80%
80%

第23話

外国語を習う理由

若《わか》い白人夫婦が、
黒人の赤《あか》ん坊《ぼう》をかかえ、
外国語学校を訪《おとず》れた。
二人は、アフリカの言語である、
スワヒリ語を習いたいという。
その学校では、スワヒリ語を
習おうとする者は少なく、
学校の職員は不思議《ふしぎ》に思い、
質問した。

SCHOOL
なぜ、スワヒリ語を
習いたいと
思われたのですか?

夫婦が抱《かか》える赤《あか》ん坊《ぼう》は、
内乱で国内が混乱《こんらん》する、
アフリカのとある国からの難民《なんみん》で、
若《わか》い夫婦は、
その赤子を養子《ようし》にしたのだという。
夫婦は、嬉《うれ》しそうに
目を細めて言った。

第24話

はじめての客

勤《つと》めていた会社を辞《や》め、男は、経営コンサルタント事務所を開いた。
今日は、開業初日。
一人のお客が事務所の中をうかがうようにしているのが、男には見えた。
まだ実績のない自分は、アピールしなければいけない。
男は、受話器をつかむと、一人《ひとり》芝《しば》居《い》をはじめた。

黙《だま》って、私《わたし》の言うとおりにすればいいんです。あなたがたジェネシス社は、今まで私のおかげで、何百億《おく》も儲《もう》けてきたじゃないですか⁉

入り口に立つお客は、
気まずそうに言った。

第25話

賢《かしこ》さの証明

若い夫婦が激《はげ》しく口論《こうろん》していた。
妻《つま》の言葉《ことば》をさえぎるように、男は言った。
「いい加減《かげん》に黙《だま》ったらどうなんだ！
お前より俺《おれ》のほうが賢いなんてことは、
これまでの暮《く》らしでわかっているだろう⁉
お前には正しい判断なんて下《くだ》せないんだから、
俺の言うことにしたがっていればいいんだ！」
それを聞いた妻は、
あきらめたような口調で言った。
「あなたのほうが賢くて、
私のほうが愚《おろ》かだってことは、
認《みと》めざるをえないわ」

男は、勝《か》ち誇《ほこ》ったように
ニヤリと笑った。
妻は、言葉を続けた。
「だって、私は、あなたみたいな男を
結婚相手として選んでしまったんだし、
あなたは、私を結婚相手として
選んだんですものね」

第26話

サプライズな贈《おく》り物《もの》

オフィスで、男が同僚《どうりょう》に、
新しいスーツを自慢《じまん》していた。
「お、新しいスーツか？　高そうだな。
それ、ブランドものだろ？」
「わかるか？　実はこれ、
妻からのプレゼントなのさ。
ちょっとサイズが大きいけど、
サプライズだからしょうがないよな」

「サプライズ？　誕生日《たんじょうび》だったのか？」
男は、そう聞かれると、
照《て》れくさそうに答えた。
「いやいや、先週末、
外出先での仕事が早く終わったから、
ちょっと早かったけど、
会社に戻《もど》らず、家に直帰《ちょっき》したのさ。
そうしたら、リビングに、
このスーツが掛《か》けられていたんだ。
俺《おれ》が早く帰っちゃったから、
包《つつ》む暇《ひま》がなかったんだってさ」

第27話
我《が》慢《まん》の報《ほう》酬《しゅう》

注射《ちゅうしゃ》を終え、
泣《な》きじゃくる子どもに、老医師は、
アメの山を差《さ》し出して言った。
「男の子なら、泣くんじゃない。
このアメを、つかめるだけあげるから、
泣くのをやめてガマンしてごらん」
しかし、男の子は、より強く泣き、
母親にお願《ねが》いした。

えーん、えーん。
ママ、
かわりにとってー!!

病院をでたあと、
母親はからかうように言った。
「まだまだ赤ちゃんね。
あんなに大泣きするなんて」
すでに泣きやんでいた子どもは、
ニコリと笑って言った。

だって、
ボクがとるより、
ママにとってもらったほうが、
たくさん取れるじゃない

それが、本気なのか、
照《て》れ隠《かく》しなのか、
母親にはわからなかった。

第28話
船長の決断

20世紀初頭の大西洋《たいせいよう》。
豪華《ごうか》客船が氷山《ひょうざん》に衝突《しょうとつ》し、その巨大《きょだい》な船体は、
瞬《また》く間《ま》に海にのまれようとしていた。
救命ボートがおろされ、
乗客や乗組員が移《うつ》っていく。
救命ボートには、
もう人が乗るスペースはない。
船体が沈《しず》みゆく中、一人《ひとり》の男が威厳《いげん》正しく、
乗組員たちに敬礼《けいれい》をした。
「船長！　船長もこちらに来てください!!
船長、私たちと一緒《いっしょ》に行きましょう!!!」
「有難《ありがと》う、君たち。しかし、
私はこの船と運命をともにする！」

一人《ひとり》の乗組員が、
泣《な》くような声で叫《さけ》んだ。
「船長、それ、船じゃなくて、
ボートじゃないですか！」

船長は、甲板《かんぱん》に残る乗組員に向かって、
今度は、小さな声でつぶやいた。
「君たちのことは絶対《ぜったい》に忘《わす》れない。
しかし、キミたちは、
私《わたし》のことを忘れてくれ」
その数分後、冷たい海は、
豪華《ごうか》客船を完全にのみこんだ。

第29話

幻《まぼろし》の本

僕《ぼく》は今、一冊《さつ》の本を探《さが》している。
その本は、教育実習に来た
大学生のアヤコさんが
教えてくれたものだった。
「青春のまっただ中にいるキミたちにこそ
読んでほしい本なの」
そう言っていた彼女は、教育実習を終え、
突然《とつぜん》に僕らの前から姿《すがた》を消《け》した。

僕は、図書館や本屋をめぐって、その本を探した。
その本は、上下の2巻構成のようなのだが、
どうしても上巻を見つけることができなかった。
見つけられない本を追《お》い求《もと》める——
それはあたかも、青春のゴールを探《さが》す作業《さぎょう》に
似《に》ていると思った。

インターネットを使えば、
あるいは、注文すれば、
すぐに手に入るかもしれない。
でも僕《ぼく》はそうはしたくなかった。
そうして、追《お》いかけても見つからない、
幻《まぼろし》の本を探《さが》して数ヶ月が経《た》った。
あるとき、
ふと立《た》ち寄《よ》った本屋のレジの中に、
知っている顔を見た。
教育実習に来たアヤコさんである。
アルバイトで働《はたら》いているのだろう。
僕は、カバンの中から「下巻」をだした。
「上巻」を買うまでは読まず、
大事にカバンにしまっていたのである。
僕は、彼女に聞いた。

第30話

死を視《み》る男

生まれつき視力《しりょく》の弱かったその男は、その代わり、特殊《とくしゅ》な「視る力」を身につけていた。

死期が近い人間の顔が青く見えるという能力《のうりょく》だ。

最初、男は、その能力を「死神の能力」と嫌《きら》った。

しかし、死期は改変可能《かいへんかのう》なものだと知り、男は能力を人助けのために使うようになった。

顔の青い人間を探《さが》し、アドバイスするのだ。

あるとき男は繁華街《はんかがい》で、死期が目前に迫《せま》っているであろう、真《ま》っ青《さお》な顔の人間を見た。

男は、急いで、その人のもとへ駆《か》けつけた。

人波《ひとなみ》をかきわけ、
その人のもとへ駆《か》けつけた。
男は、その青い顔をした人間が、
大きなショウウィンドウに映《うつ》る
自分の顔だとようやく気づいた。
背後《はいご》から、トラックのものであろう
大きなエンジン音と、
人々の悲鳴《ひめい》が聞こえた。

第31話

ロボットの導入《どうにゅう》

ロボット開発メーカーの営業《えいぎょう》マンが、
A《エー》社に、新型《しんがた》のロボットを売《う》り込《こ》んでいた。
「このロボットは、
これまでの常識《じょうしき》を超《こ》えたものです。
このロボットが1台あれば、
御社《おんしゃ》の業務《ぎょうむ》は効率《こうりつ》化《か》し、
社員の仕事量は、これまでの
50％ほどに軽減《けいげん》できると試算《しさん》できます」
そして、ロボットの業務を
実演《じつえん》してみせた。

はじめ、半信半疑《はんしんはんぎ》であった
企業《きぎょう》の経営者は、
目を輝《かがや》かせながら言った。
「人件費《じんけんひ》は、我《わ》が社《しゃ》のもっとも
頭《あたま》の痛《いた》い問題だ。よし気に入った。
そのロボットを2台購入《こうにゅう》しよう！」

2ヶ月後――
「思ったような成果をあげていない」
という理由で、
2台のロボットは返品《へんぴん》された。

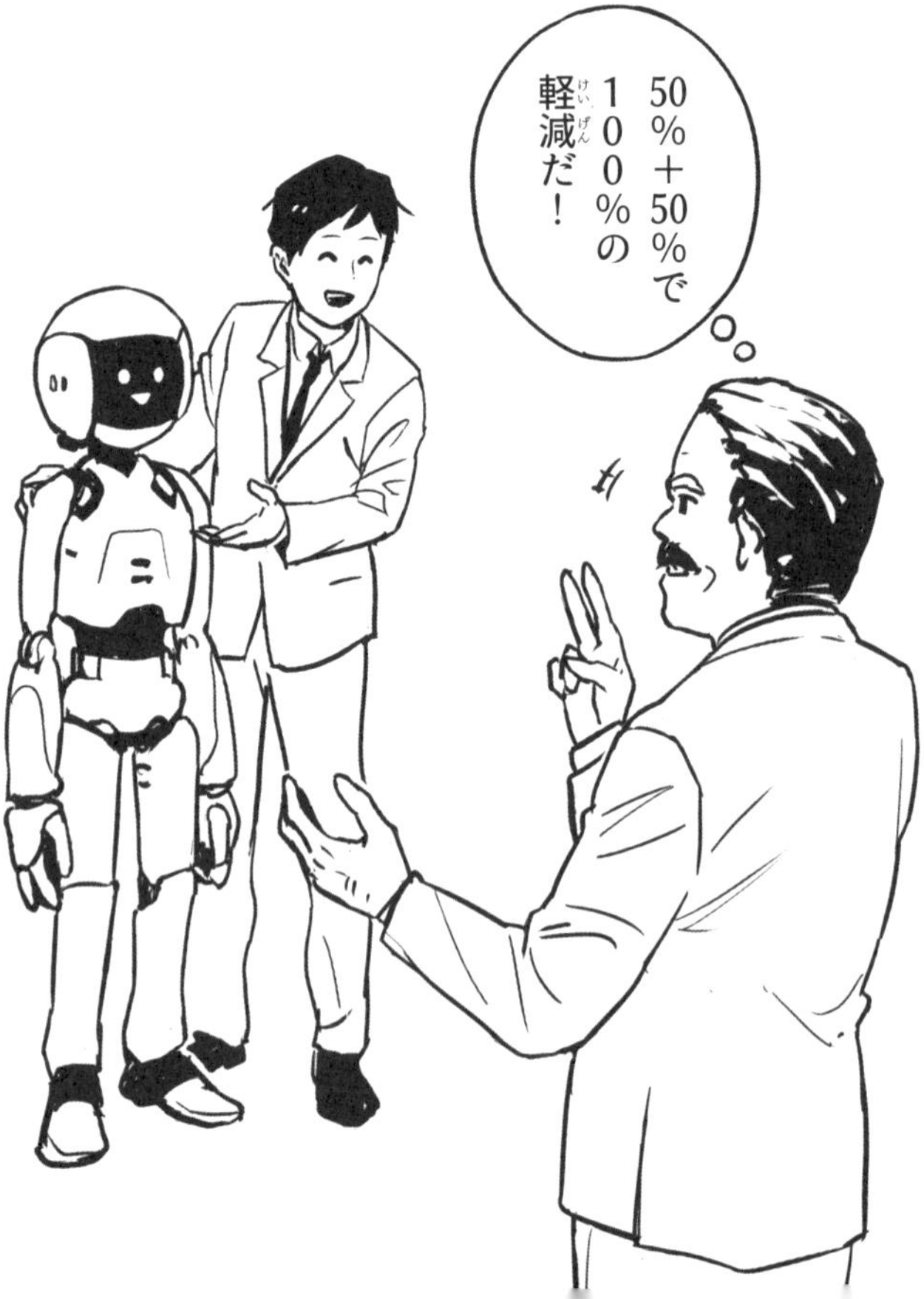
50%＋50%で100%の軽減《けいげん》だ！

第32話

賢《かしこ》いロボット

ロボット開発メーカーの営業《えいぎょう》マンが、
B《ビー》社の業務部長《ぎょうむぶちょう》に、ロボットを売《う》り込《こ》んでいた。
「このロボットの優秀《ゆうしゅう》さは、もはや人間と並《なら》ぶほど、
と言っても過言《かごん》ではないでしょう。
その大きな特長は、学習能力《のうりょく》がある点です。
基本能力も優《すぐ》れていますが、
スーパーコンピュータに
接続《せつぞく》されているため、1ヶ月間、
その環境《かんきょう》の中で作動《さどう》させることで、
最適《さいてき》な行動特性を学ぶことができます」
B社は、試験的に1ヶ月間、
ロボットを導入《どうにゅう》することにした。

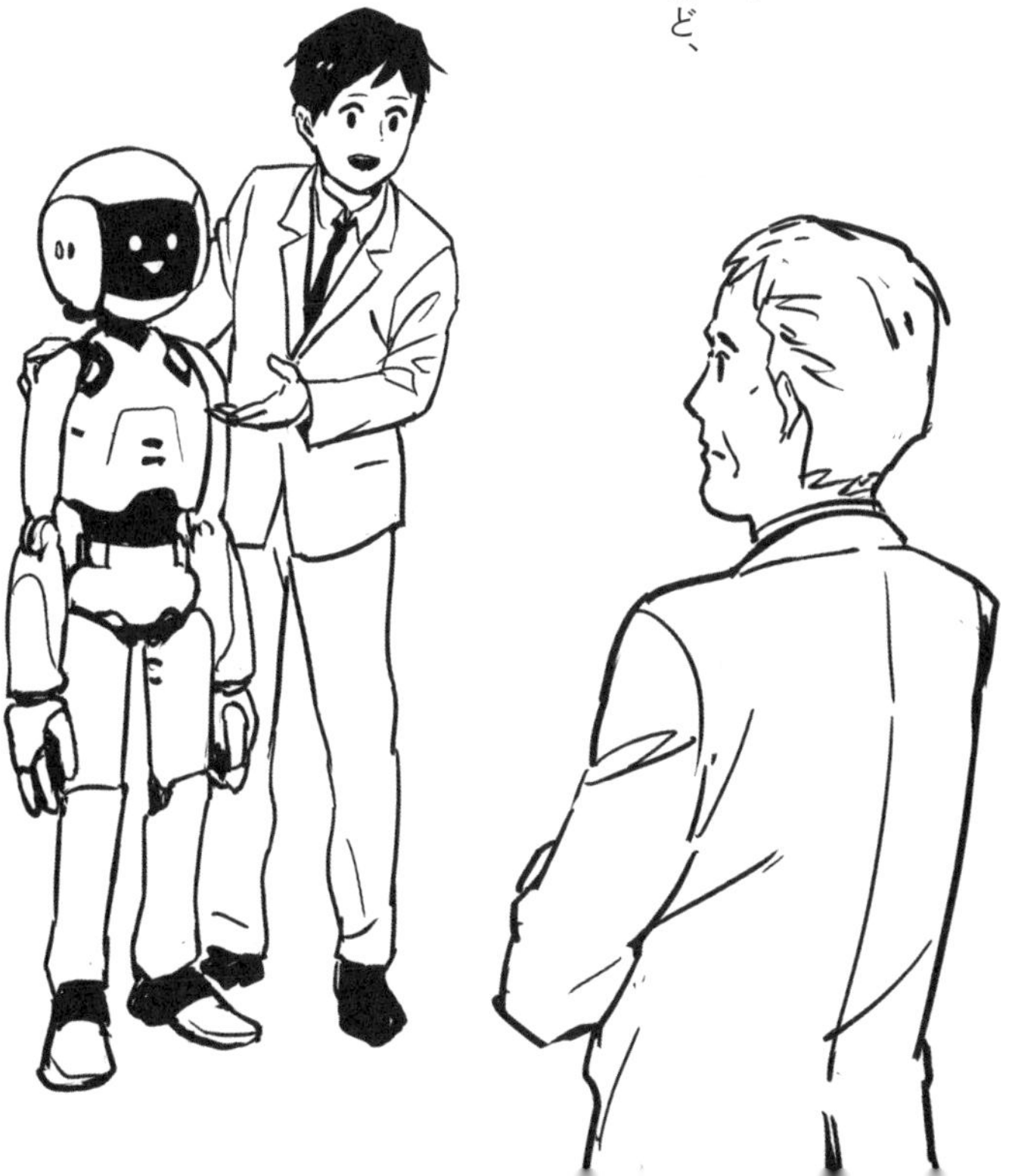

1ヶ月後、営業マンは、B社に赴《おもむ》いた。
「その後、いかがでしょう？
当社のロボットに問題はありませんか？」
業務部長は複雑《ふくざつ》な表情で言った。
「すごいロボットだな。こんなに賢《かしこ》いとは…。
まるで、20年以上会社にいるような適応ぶりだよ。
一生懸命《いっしょうけんめい》に働《はたら》いてくれてもいる」
営業マンは、明るい顔で言った。
「では、ロボットの本格的な導入《どうにゅう》を
ご検討《けんとう》いただけますか？」
「それは遠慮《えんりょ》しておこう。あのロボット、
すごく一生懸命に働いているように見えるんだが、
高いパフォーマンスを示《しめ》しているわけではないんだ。
『賢い』と言っても、入社20年のベテラン社員が、
仕事をしているふりをして、うまく仕事をサボるような、
そんな『賢さ』なんだな…」

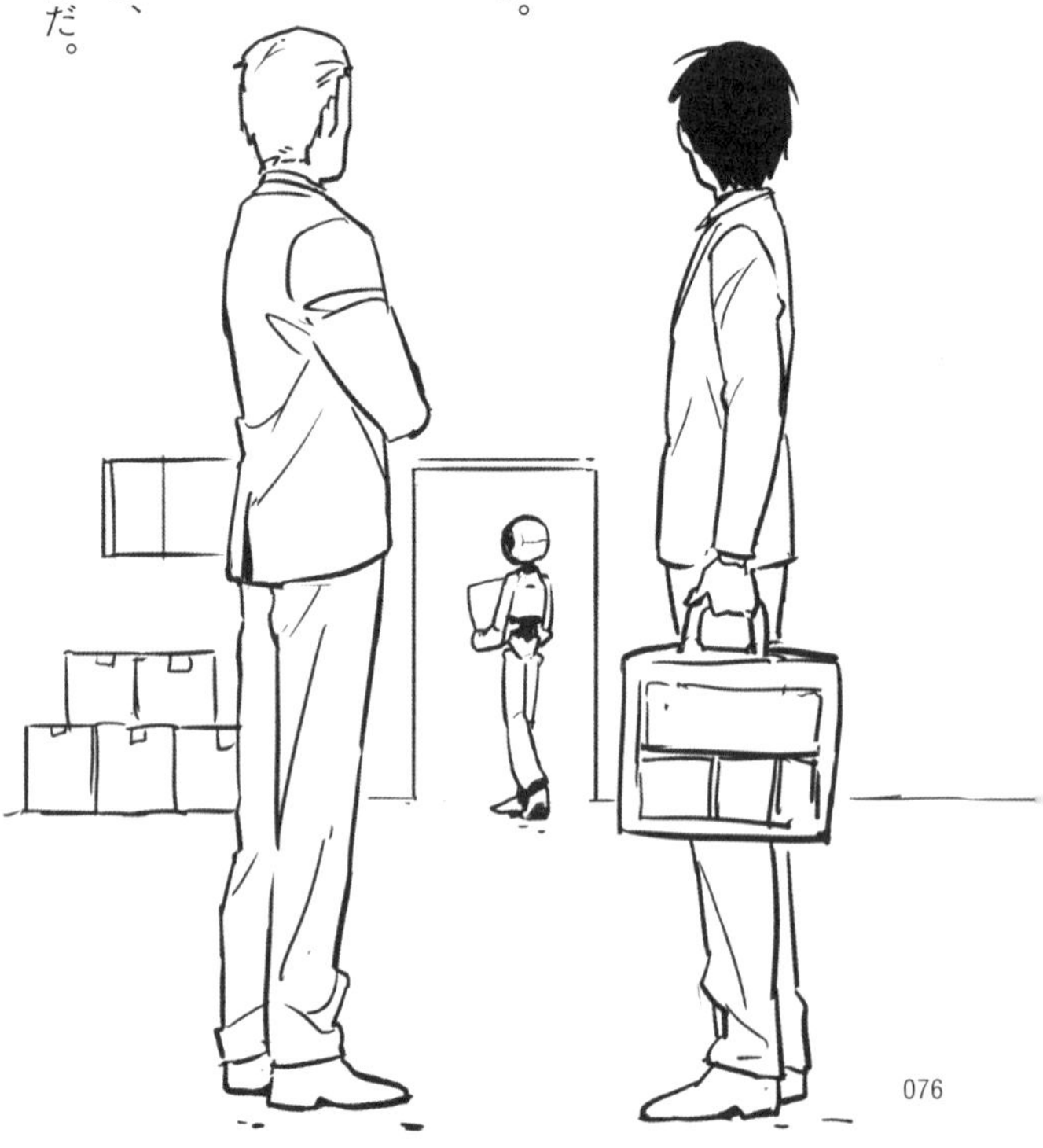

第33話

ロボットの限界《げんかい》

営業マンは、ため息をつきながら報告《ほうこく》した。
「どんなに優秀《ゆうしゅう》な性能でも、
環境《かんきょう》に適応《てきおう》する能力があっても、
そのロボットが売れるというわけではないんですね」
ロボットを開発した博士《はかせ》も同調した。
「そうだな。それに、人間に近い感情を
持っていても、それが販売に
結びつくわけではないようだ」
助手が提案《ていあん》する。
「むしろ、見るからにロボットなほうが、
そのすごさが伝わるのでは
ないでしょうか？」
「そうかもしれない。
その方向で調整してみよう」

助手が博士《はかせ》に聞く。
「博士、このリアルな頭部をやめて、
むしろ、首から上は、
球形のモニターにするのは
どうでしょう?」
博士が答える。
「そうだな。
声も、機械的な合成音に
してみるか…」

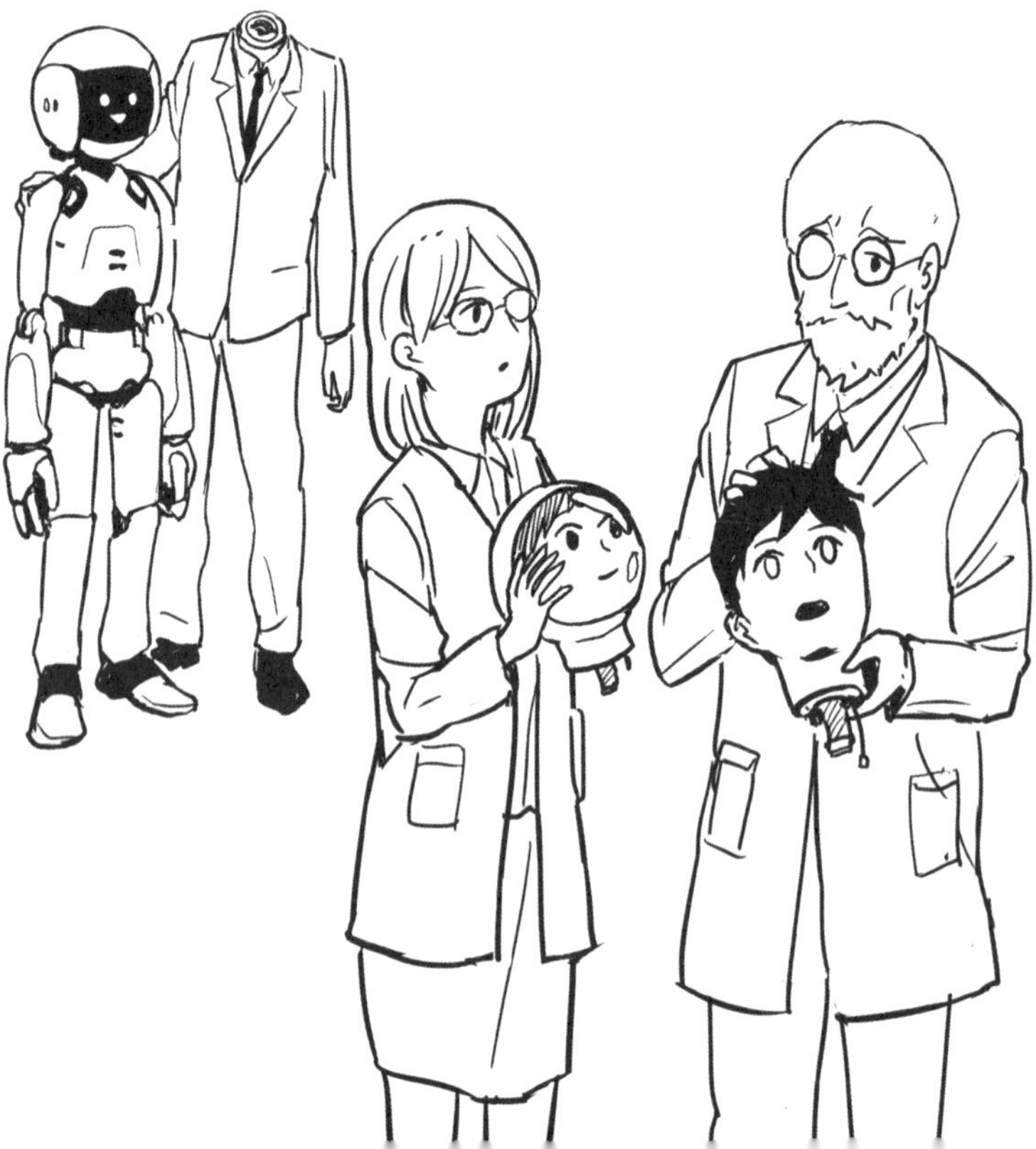

第34話

告白

壁《かべ》にドンと手をついた男子高校生は、
それまでに見せたことのない
ような表情を見せた。
彼《かれ》は、これまでの彼女《かのじょ》との関係――
「幼《おさな》なじみ」の関係から
卒業《そつぎょう》したいと考えていた。

目をそらさないで、俺《おれ》だけを見ろよ。俺も、お前だけを見てるから

告白《こくはく》の練習とはいえ、
自分の口から出た、
ドラマの中でしか
使われないようなセリフに、
男子高校生は耐《た》えられない
恥《は》ずかしさを感じた。
鏡《かがみ》の中には、顔を真《ま》っ赤《か》にし、
これまでに見せたことのないような
情《なさ》けない表情をした自分がいた。

第35話

告白する勇気

ハルカは、ふいに自分が恋《こい》をしていることに気づいた。
相手は幼《おさな》なじみのコウスケである。
家が隣同士《となりどうし》で、弟にしか見えなかったコウスケが、
いつの間にか、大人《おとな》になっていると思った瞬間《しゅんかん》、
ハルカは恋《こい》に落ちたのである。
コウスケは女子にもてる。
コウスケをねらっている女子はたくさんいる。
でも、コウスケが、ほかの誰《だれ》かとつき合うなんて
考えられなかった。
そんなことになるくらいなら、勇気をだして、
コウスケに告白しようと思った。

ハルカは、イライラしていた。
子どものようなコウスケの行動も、
「幼なじみ」ということで許《ゆる》してきた。
しかし、今日のコウスケは、
あまりにもウザイ。
怒《いか》りの沸点《ふってん》に達《たっ》したハルカは言った。
「私の心の中のセリフみたいな
ナレーション口調《くちょう》で、
耳元でボソボソささやき
続けるのはやめて！」

第36話
最後の審判《しんぱん》

その王国と王城《おうじょう》を創《つく》ったのは神であった。
今、王国を守っているのは、
神の息子《むすこ》である。
しかし、何が子神の気に障《さわ》ったのか、
子神は、洪水《こうずい》や大地震《だいじしん》を起こし、
さらには、巨大《きょだい》な隕石《いんせき》を落として、
王城を攻撃《こうげき》しはじめた。
しかし、王城は、それらにも耐《た》え抜《ぬ》いた。

「ケンタ、もう帰る時間よ！」
母親に呼《よ》ばれた少年は、
まだ遊んでいたい様子《ようす》だった。
しかし、「もういいかげんにしなさい！」と、
きつい調子で怒《おこ》られると、
父親に作ってもらった砂《すな》の城《しろ》を、
自《みずか》らの手で壊《こわ》しはじめた。
水をかけ、大きな石をぶつけても、
その砂の城は壊れずに残っていた。
砂の城をそのまま残しておくのが
嫌《いや》だったのか、最後に、少年は、
何度も何度も砂の城を踏《ふ》みつけた。
もはや城の形は残っていない。
大きな波が、残された砂を
さらっていった。

第37話

シンデレラ・ストーリー

時計が12時を指《さ》そうとしていた。
12時になると魔法《まほう》が解《と》けてしまう。
シンデレラは大急ぎでお城《しろ》の階段《かいだん》を駆《か》け下《お》りた。
そのとき、強い力でシンデレラの腕《うで》をつかんだのは王子だった。
「待《ま》って。行かないで！　キミのことをもっと知りたいんだ」
シンデレラは、謝《あやま》るように答えた。
「王子様、申《もう》し訳《わけ》ございません。
本当の私は、ここにいられる人間ではないんです。
このドレスも靴《くつ》も、すべて魔法の力に助《たす》けてもらったんです」
王子は優《やさ》しい声で言った。
「そんなことはどうでもいい。
僕が愛したのは、ありのままのキミなんだから」

大きな時計の短針《たんしん》と長針がピタリと重《かさ》なり、
ボーン、ボーン、ボーンと鐘《かね》が鳴り始めた。
すると、モクモクとした煙《けむり》がたちこめ、
シンデレラの全身を包《つつ》みこむ。
鐘が12回鳴り終わるころ、
シンデレラを包んでいた煙も消えていた。
そして、そこには、
自らかけた魔法《まほう》が解《と》けてしまった
魔法使いの老婆《ろうば》が立っていた。

王子様、
ありがとう。
アタシも
愛しているわ

第38話

愛はお金では買えない

その若者《わかもの》は、
大富豪《だいふごう》の一人息子《ひとりむすこ》であった。
彼は、父親の権力《けんりょく》と財力《ざいりょく》によって、
これまで、欲《ほ》しいと思うものを、
すべて手に入れてきた。
あるとき、彼は、一人の女性を
自分のものにしたいと考え、
強引《ごういん》な手段《しゅだん》で彼女《かのじょ》にアプローチした。
しかし、どのような手段《しゅだん》を使っても、
男が女性を自分のものにすることは
できなかった。

僕《ぼく》の父親のことは
知っているだろ?
僕とつきあえば、
キミも人生の勝ち組に
なれるんだよ

富豪《ふごう》の息子の友人が聞いた。
「お前でも、欲しいものを
手に入れられないことが
あるんだな。
で、お前に逆《さか》らった彼女は、
今、何をしてるんだ？」
富豪の息子は、苦々しい顔で
友人をにらめつけて言った。
「あの女、
俺《おれ》の母親を追い出して、
父親と再婚《さいこん》しやがったんだ。
今じゃ、俺の義理《ぎり》の母親だよ」

財力と権力を持っているのは、あなたの父親なんでしょ。
だったら、あなたの父親と結婚したほうが早いでしょ

第39話
法《ほう》治《ち》主義

その国では、歩行者の信号無視《むし》による交通事故《こうつうじこ》が
年々急増《きゅうぞう》していた。
そのため、クルマのドライバーだけではなく、
信号無視して横断歩道を渡《わた》る歩行者に対して
高い罰金《ばっきん》または懲役刑《ちょうえきけい》が科される法律《ほうりつ》が施行《しこう》された。

その法律の効果で、
横断歩道を信号無視して渡《わた》る
歩行者は激減《げきげん》した。
しかし、信号がないところで
車道を渡る歩行者が急激《きゅうげき》に増《ふ》えたため、
交通事故による死亡者《しぼうしゃ》は、
以前の倍《ばい》にもなった。

信号がないところを渡っているんだから、信号無視じゃないだろ！

第40話

最後の一言

愛する夫の命の灯火《ともしび》が、あとわずかで消えることは、妻《つま》にも、はっきりわかった。夫は、最後の力を振《ふ》り絞《しぼ》って妻に語りかけた。

私の人生は、お前のおかげで幸せだったよ
これまで内緒《ないしょ》にしていたが、銀行の貸金庫《かしきんこ》の中に、売れば大金になる宝石がある。そのお金を生活費にあててくれ

妻は、やさしく微笑《ほほえ》むと言った。
しかし、その言葉は、
夫の耳に届《とど》いたかは分からなかった。
握《にぎ》った夫の手は、
すでに冷たくなっていたからだ。

第41話

危険《きけん》な高速道路

ある老人が、
猛《もう》スピードでクルマを走らせ、
高速道路を家路《いえじ》へと向かっていた。
すると、彼の携帯《けいたい》電話が鳴った。
電話に出てみると、
それは家で待つ、
彼の妻《つま》からの電話であった。
妻は、おびえたような、
心配するような声で、
老人に伝えた。

あなた、今、△△高速道路を
走っているのよね？
今、ニュースで、
『高速を逆走している
クルマがある』
って言ってたわ。
気をつけてね

老人は、緊張《きんちょう》した面持ちで妻に答えた。
どうもそうらしいな。まったく危険《きけん》な運転をする奴《やつ》もいるもんじゃ。
それに、そういうクルマが何台も何台もいる。この高速はいったい、どうなっているんじゃ！

第42話

テロリスト

その男は、爆弾魔《ばくだんま》であった。
2日後の正午《しょうご》に爆発する
時限爆弾を作り、
小包《こづつみ》で官邸《かんてい》に
送りつける計画を
実行に移した。

2日後の正午前、男はアパートの自室にいた。テレビをつけ、ニュース速報が流れるのを待った。

第43話

神様の罰《ばつ》

好《す》き嫌《きら》いの多い息子《むすこ》が、
今日も、スープのニンジンだけを残した。
「食べ物を粗末《そまつ》にしていると、神様の罰があたるわよ」
母親が、きつく叱《しか》り、神様を持ち出しても、
息子は理屈《りくつ》をこねて、
自分の部屋に逃《に》げこんでしまった。
それから小《こ》一時間後、急に大雨が降《ふ》り出し、
稲光《いなびかり》が大地を突《つ》き刺《さ》した。
近くに雷《かみなり》が落ちたのか、
大きな雷鳴《らいめい》もとどろいている。
さっき、「神様の罰」と言ったから、
息子は、フトンの中で震《ふる》えているだろう。
母親は、子ども部屋をのぞいてみた。

すると、息子《むすこ》は、興味津々《きょうみしんしん》な表情で、
窓《まど》から、稲光《いなびかり》をながめていた。
「さっき、あなたがニンジンを残したから、
神様が怒《おこ》っているのよ」
すると、息子は、
少しがっかりしたような表情で言った。
「世界の中で、たった一人《ひとり》の男の子が、
ちょっとニンジンを残しただけで、
こんなに怒《いか》りくるうなんて、
神さまって、短気で、
すごく器《うつわ》が小さいんだね」

第44話

運の悪い被《ひ》害《がい》者《しゃ》

民家もまばらな山道、クルマを運転していた男は、道路に老人が倒《たお》れているのに気づき、駆《か》け寄《よ》った。

倒れていた老人は、意識があり、命に別状《べつじょう》はない様子《ようす》だった。

「この辺にパトカーは走っていませんでしたか？

駆《か》け込《こ》んで助けてくれそうな民家はありませんか？

携帯《けいたい》も盗《と》られてしまいました。

あなたの携帯は、電波が入りますか？」

この山間部では、電波も入らない。

男は、どの質問《しつもん》にも首を振《ふ》るしかなかった。

男が、力なく首を振《ふ》ると、
それを見た老人が、
突然《とつぜん》、ガバっと起き上がり、
手に持っている黒いものをつきつけて言った。
「これは、本物のピストルだ。
乗っていたクルマと
有り金《あがね》を全部だしてもらうぞ。
最近じゃあ、すぐに通報《つうほう》されて
検問《けんもん》をはられちまうから、
用心させてもらったのさ。
あんたも、ずいぶんと運の悪いやつだな」

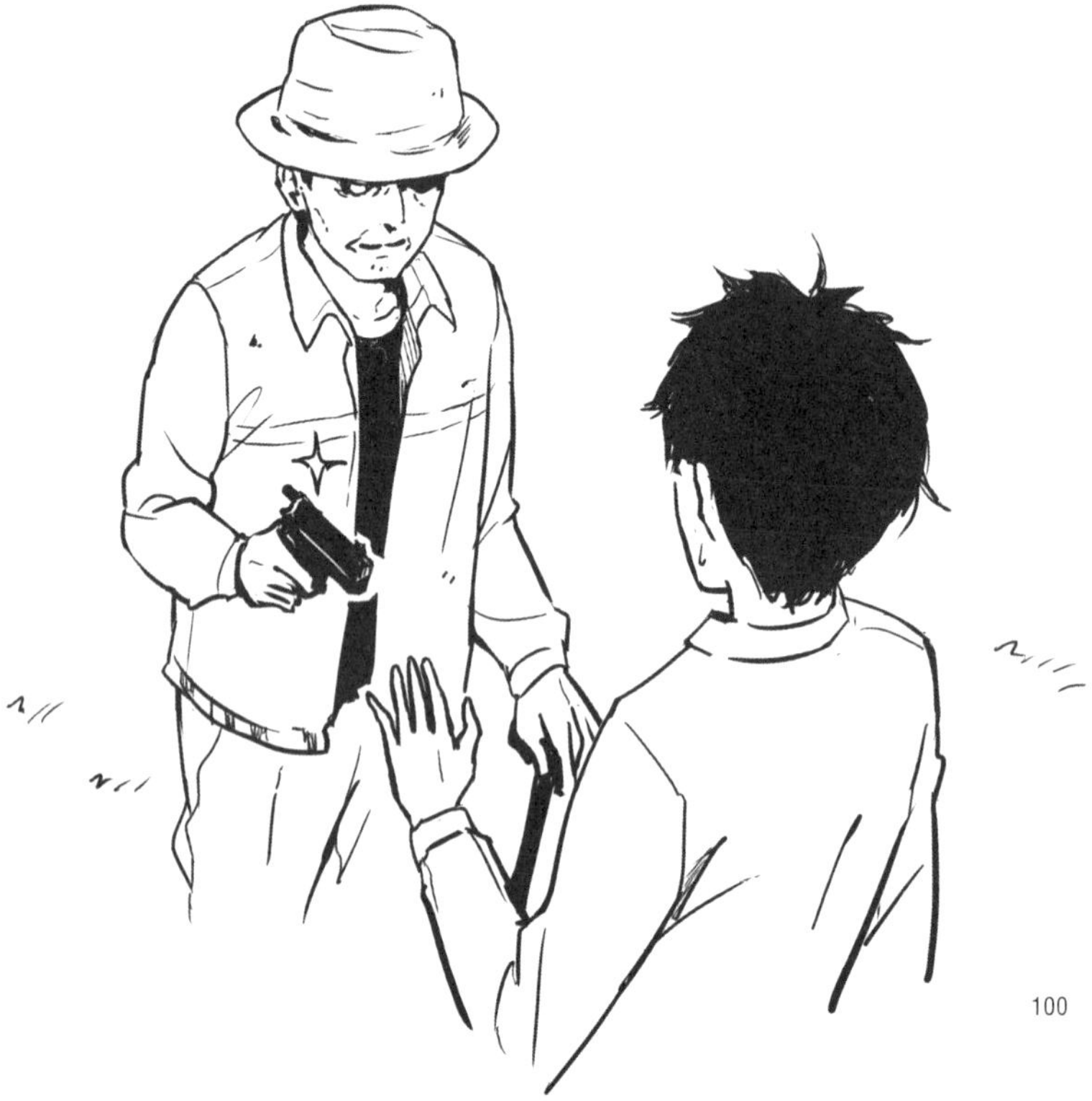

第45話

地球の支配者

その宇宙人《うちゅうじん》は、地球では、
「神」と呼ばれるものの正体《しょうたい》であった。
まだ下等《かとう》な生き物であった
地球の生命に知能《ちのう》を与《あた》えたのも、
この宇宙人であった。その宇宙人が
何万年かぶりに地球を訪《おとず》れ、
突然《とつぜん》告《つ》げた。
「お前たちに知能を与え、
高度な社会を作ることを
教えたのは我々《われわれ》だ。それによって、
お前たちは、この星の支配者となった。
しかし、食糧《しょくりょう》を奪《うば》い合い、軍隊を作って、
同じ種族で殺し合っている。
もうお前たちは、この星にとって不要な生き物である」

ある日、世界中で、
アリが大量死《たいりょうし》しているのが
発見された。
その日を境《さかい》に、地球上から、
すべてのアリがこつ然と消えたのだが、
そのことに気づいた者は
ほとんどいなかった。

パパー。
地球上にいる生き物を
全部合わせたとき、
その重さの4分の1は、
アリが占《し》めているんだって
ヘェー。アリって、
そんなにいるんだ。
でも、最近見ないな
昆虫大図鑑

第46話

飼《か》い主《ぬし》に似《に》る

母娘《ははこ》が公園を散歩《さんぽ》していると、向こうから、ブルドッグを連れたマダムがやってきた。

「ペットは飼い主に似る」

というのだろうか、そのマダムとイヌは、似たような風貌《ふうぼう》をしており、すれちがうとき、母親は、笑《わら》いを抑《おさ》えるのに必死《ひっし》だった。

すると、娘も同じことを考えたのか、「楽しいものを見つけた」とばかりに、嬉《うれ》しそうに大きな声で言った。

「あのワンちゃん、飼い主のおばさんにそっくりだったね!」

まだ、飼い主に声が届《とど》くような
距離《きょり》だったから、
母親は驚《おどろ》き、口をチャックするような
しぐさをしながら、小声で言った。
「エミちゃん、しーっ！
そんな大声で話すと聞こえちゃうから！」
すると、娘は、
母親に教えるように言った。
「ママ、だいじょうぶよ。
だって、ワンちゃんは、
人間の言葉がわからないんだから」

第47話

ママは名《めい》探《たん》偵《てい》

母親が戸棚《とだな》を見ると、
半分かじられた饅頭《まんじゅう》が皿《さら》の上に1つ残《のこ》されていた。
「10個《こ》くらいは残しておいたはずなのに…」
母親は、4人の兄弟を呼《よ》んで、問いつめた。
「誰《だれ》が食べたの？　正直に言いなさい」
すると、長男《ちょうなん》が言った。
「僕が見たときには、1個しかなかったから、
僕は半分だけ食べたよ」
すると、長男の白状《はくじょう》につられて、
次男《じなん》が「僕も半分しか食べてないよ」
三男《さんなん》が「ボクだって半分しか食べてないよ」
四男《よんなん》が「ぼくが食べたのも半分だけだよ」と言う。
全員が声をそろえて、「ママ、信じて！」と訴《うった》える。

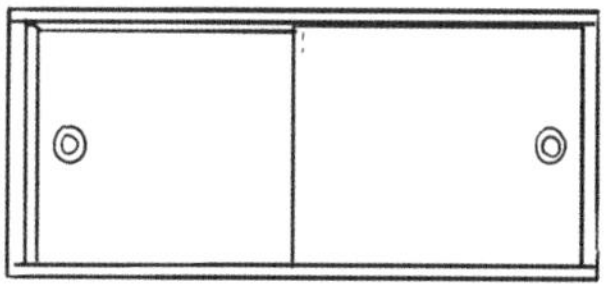

誰《だれ》もウソをついていないことは、
母親の勘《かん》でわかった。
子どもの言うことを疑《うたが》ってかかることも、
あまりしたくない。
最初に家に帰ってきて戸《と》棚《だな》を開《あ》けたのは、
四男だったという。そのときには、
「ぼくが見たときには、おまんじゅうは、
皿《さら》の上に8個置いてあった」そうである。
母親は、突然《とつぜん》ひらめいた。
――はじめ、饅頭《まんじゅう》は8個あった。
最初に四男が半分、つまり4個食べた。
次に三男がその半分、つまり2個を、
さらに次男がその半分、つまり1個を食べた。
最後に長男が1個の半分を食べたのだろう。
母親は、兄弟たちにニッコリ微笑《ほほえ》むと言った。
「ママ、犯人がわかっちゃった！」

犯人はねぇ…この戸棚よ！
前から、戸棚の中に置いていたオヤツがなくなることがあったでしょ？この戸棚が食べていたのよ！

第48話
真《しん》犯《はん》人《にん》は誰《だれ》だ！

「犯人はねぇ……この戸棚《とだな》よ！」
そう母親が言ったとき、子ども達《たち》は、
母親がおかしくなってしまったのかと思った。
兄弟が口をそろえて抗議《こうぎ》した。
「ママ、戸棚が食べるわけないじゃない。
でも、本当に僕《ぼく》たちじゃないよ。
僕たちはみんな、1個の半分しか食べてないよ」
子ども達がウソをついていないことは、
その表情からも確実《かくじつ》だ。
母親は混乱《こんらん》した――ネコのミーコが戸棚を開けて、
饅頭を食べ、そして、戸棚を閉じることは不可能《ふかのう》だ。
一瞬《いっしゅん》にして鳥肌《とりはだ》が立った――この家には、誰かがいる！

おびえる母親の耳に、ミシリミシリという
何者かがゆっくりと廊下《ろうか》を歩く足音が聞こえてきた。
そして、ドアノブがゆっくりと回り、トビラが開く。

――そこに立っていたのは、
髪《かみ》とヒゲが伸《の》び放題《ほうだい》になった、
いかにも怪《あや》しげな風体《ふうてい》の男だった。
子ども達《たち》が、悲鳴《ひめい》にも近い叫《さけ》び声を上げる。

「おとうさん!」

そこに立っていたのは、会社を辞《や》めて以来、
自室にひきこもって顔を見せることも
ほとんどなくなった、夫であった。
妻《つま》は、冷たい表情で、
冷たいセリフをつぶやいた。

「あら、あなた、いたの?
部屋から出てくるなんて珍《めずら》しいわね。
コソコソ戸棚《とだな》から食べ物を持っていかないで、
たまには、子ども達とゴハンを食べたらどう?」

第49話 透明《とうめい》人間、現《あらわ》る

若《わか》き科学者が、
とうとう透明《とうめい》薬を発明した。
飲めば身体《からだ》が透明になり、
解毒剤《げどくざい》を飲《の》めば元に戻《もど》る、
という、あの透明薬である。
「この薬さえあれば、誰《だれ》にも気づかれずに、
銀行から大金を奪《うば》うこともできるし、
どこにでも忍《しの》び込《こ》むことができる！」
科学者は、さっそく薬を服用《ふくよう》し、
研究所の外に飛び出した。

ドン！
トラックの運転手は、
運転中に大きな衝撃《しょうげき》を感じた。
「しまった！　人をはねてしまったか⁉」
しかし、すぐにドアを開けて確認《かくにん》しても、
そこには、はねられた人はいなかった。
「そうだよな。こんなに見通しのよい道で、
人が出てきて気づかないわけないものな」
その後も、その通りでは、
「何かをひいたかもしれない」
「何か道がでこぼこしていて、
ハンドルがきかない」
などという不思議《ふしぎ》な現象《げんしょう》が起こったが、
その現象は、だんだんと収《おさ》まっていった。

第50話

第三次世界大戦

ここは、某《ぼう》軍事大国の会議室。
軍の上層部《じょうそうぶ》や著名《ちょめい》な科学者が集められ、
第三次世界大戦を見すえた
兵器開発の計画が話し合われていた。
その国の大統領《だいとうりょう》が、ある科学者に聞いた。
「第三次世界大戦では、
どのような兵器が主流となり
戦争が行われることになる
と思うかね?」

科学者は、議論《ぎろん》に盛《も》り上がる
一同を見回して言った。

「第三次世界大戦が
どのような兵器で行われるのか
正直なところ、私にはわかりません。
しかし、第四次世界大戦についてはわかります。
そのとき人類は、ガレキを投げ、
こん棒《ぼう》を振り回して
戦っているでしょう」

第51話
夢《ゆめ》と自信と練習と

少年は、将来《しょうらい》、自分がプロ野球選手になることを
夢見ていたし、その夢が実現《じつげん》することを確信《かくしん》していた。
そのため、どんなに部活で疲《つか》れたとしても、
帰宅後、深夜までの練習を休むことはなかった。
しかし、少年の自信と情熱に反して、
母親は冷《ひ》ややかな目を少年に向けていた。
「お前がプロ野球選手になるなんて無理だから、
早く寝《ね》なさい！」
しかし、少年は、手にマメができるほど、
練習を続けた。

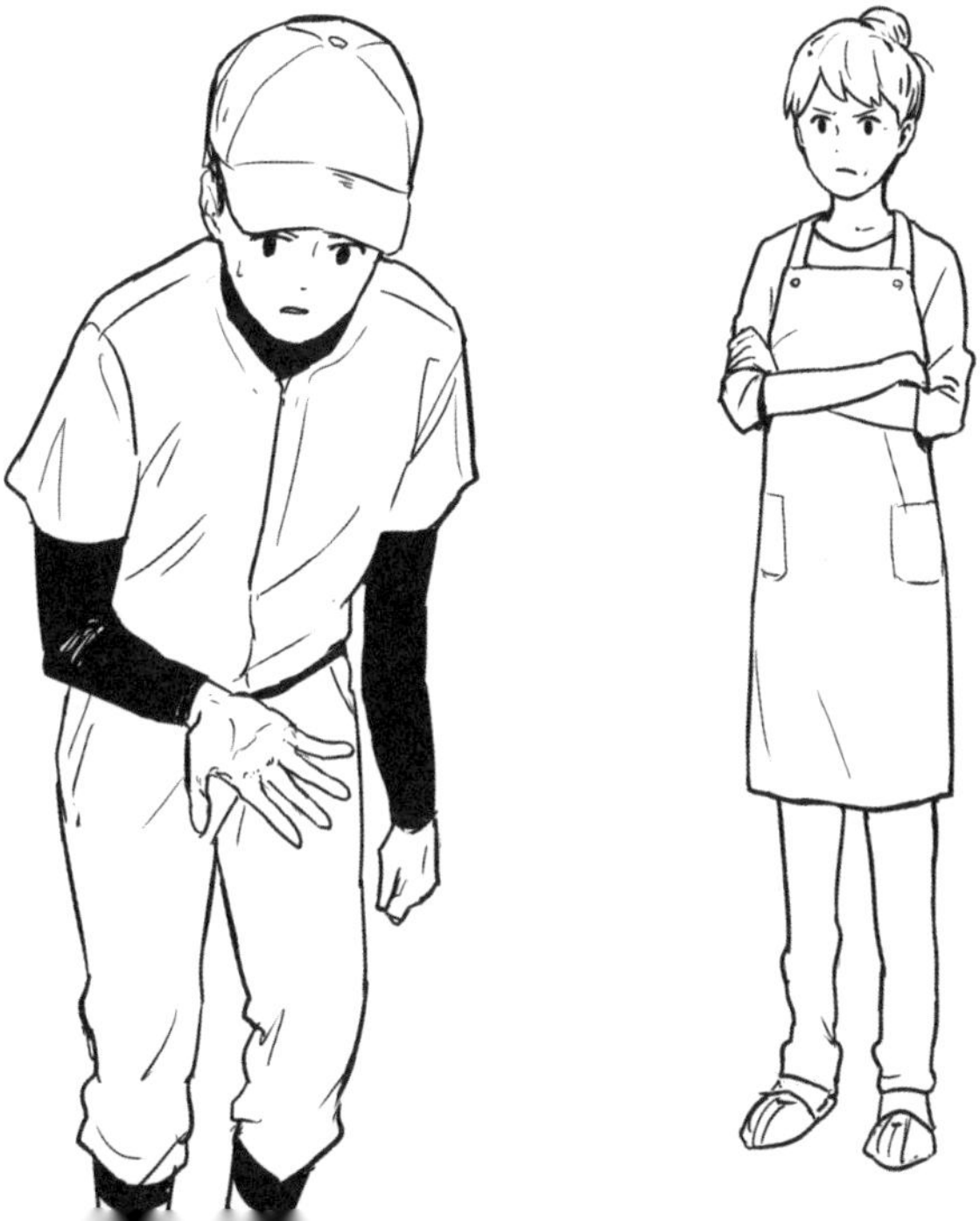

その日も、
少年が夜遅《よるおそ》くまで
練習を続けていると、
堪忍袋《かんにんぶくろ》の緒《お》が切れた
母親が怒鳴《どな》った。
「そんな練習、無駄《むだ》よ！
本当にプロ野球の選手になりたいなら、
素振《すぶ》りでもしたらどうなの？
毎日毎日、深夜まで
『サインの練習』なんかしてるなら、
早く寝たほうがましよ！」

第52話

怪獣《かいじゅう》、東京に現《あらわ》る

ある日、東京湾《わん》から怪獣が現れた。放射能《ほうしゃのう》をあびて変異《へんい》したからか、その体は、高層《こうそう》ビルと同じくらいの巨大《きょだい》なものになっていた。

怪獣は上陸し、ゆっくりと都心に向かって歩《ほ》を進めた。

しかし、怪獣の出現《しゅつげん》にも、驚《おどろ》き慌《あわ》てる人間はいなかった。

その怪獣《かいじゅう》が現《あらわ》れる数十年前には、
建造物《けんぞうぶつ》を破壊《はかい》することなく生物を殺傷《さっしょう》する兵器や、
それを打《う》ち込《こ》めば、限《かぎ》られた範囲《はんい》だけを破壊する
超小型核爆弾《ちょうこがたかくばくだん》も開発されていた。
しかし、人々が驚《おどろ》かなかったのは
それが理由ではない。

第三次世界大戦と放射能の影響《えいきょう》で、
そもそも地球にはもう人類はいなかったからである。
怪獣に対してガレキを投げる人間も、
こん棒《ぼう》を振《ふ》り回す人間も――。
人類は絶滅し、
地球上には、もう誰も存在《そんざい》していなかった。

第53話

100人の友だち

小学校に入学したときも、中学校に入学したときも、
シンジが目標《もくひょう》としたのは、
「友だちを100人作る」ということだった。
小学校、中学校では、その目標は、
入学して3か月で達成《たっせい》された。
シンジは、男子からも女子からも好《す》かれる性格で、
いつでもクラスの人気者だった。
高校生となったシンジが目標としたのも、
やはり「友だちを100人作る」ことだった。
その日、新しい友だちができた。
しかし、シンジの顔は、どこか寂《さび》しそうだった。

——今日《きょう》、また友だちができた。
これで、高校に入学して
１００人目の「友だち」である。
しかし、いつも陽気《ようき》なシンジも、
大きな声で泣《な》きたい気持ちだった。
「なんで俺《おれ》には、
友だちしかできないんだろう？」

シンジくんのこと、そういう目で見られないよ。いいお友だちでいましょ

第54話

男女同権《どうけん》

男女の権利について話し合う
パネルディスカッションが行われていた。
参加した男性のパネリストの一人が、
女性の社会進出について、
小馬鹿《こばか》にするような口調《くちょう》で言った。
「女がやっていることなんて、
単なる、男のマネなんだよ！」
一人の女性パネリストが聞いた。
「あなたは、それをどう思うんですか？」
「一言《ひとこと》で言うと、馬鹿だね。
いや、大馬鹿だね」

それを聞いた女性パネリストは、
やさしそうに微笑《ほほえ》むと言った。
「男性のモノマネをして、
それで大馬鹿に見えるなら、
そのモノマネは成功《せいこう》、ということですね」

第55話

天才彫刻家《ちょうこくか》

町のはずれに、いつの頃《ころ》からか、
一人《ひとり》の彫刻家が工房《こうぼう》を構《かま》えていた。
その彫刻家は、顔すらも隠《かく》れる衣装《いしょう》を身につけ
多くの謎《なぞ》につつまれていたが、
声を聞いた者は、「女性に違《ちが》いない」と言った。
その彫刻家の作品は、
どれも生命があるかのような素晴《すば》らしいもので、
工房の中に無造作《むぞうさ》に置かれている作品すら、
誰《だれ》も真似《まね》のできないような完成度であった。

彫刻家《ちょうこくか》は弟子《でし》も使わず、
作品を作るときは、
その姿《すがた》を誰《だれ》にも見せることはなかった。
あるとき、一人《ひとり》の男が、
彫刻家の創作《そうさく》の秘密《ひみつ》を探《さぐ》ろうと、
工房《こうぼう》に忍《しの》び込《こ》んだ。
そして、彼《かれ》は見た。
顔を隠《かく》す衣装《いしょう》をとった彫刻家の正体《しょうたい》を。
その翌日《よくじつ》、彫刻家の工房に、
また一体、作品が増《ふ》えていた。

第56話

追《お》いかける男

カフェの中でくつろいでいた男は、何気《なにげ》なく外を見て驚《おどろ》いた。
何者かが、外に止めてある自転車にまたがっている姿《すがた》を見たからだ。

店内にいた客、店員がいっせいに振《ふ》り返《かえ》る。
男は、店の外――自転車に乗った人物を指さしながら、店の外に飛び出した。

店の外に飛び出した男は、
自転車のあとを全速力で追《お》いかけた。
ビルの角《かど》を曲《ま》がると、
もうそこには誰《だれ》もいない。

男は、少しの間キョロキョロと
周囲《しゅうい》を見回すと、
カフェとは反対の方向に歩き始め、
小さな声でつぶやいた。
「サイフを見たら、
お金が全然《ぜんぜん》ないんだもんな。
今ごろ、『自転車を盗まれた憐《あわ》れな男』じゃなくて、
『食《く》い逃《に》げ犯《はん》』だと気づいてるだろうな」

第57話

エイリアンの襲来《しゅうらい》

突如現《とつじょあらわ》れたUFOが、世界の大都市を破壊《はかい》した。
現代の人類《じんるい》の科学力では対抗《たいこう》できず、
人類のほとんどが殺戮《さつりく》され、
世界に残る人類は、
どれだけいるかわからないほどの
少数になってしまった。
そのわずかばかりの人類も、
エイリアンの高度な探知機《たんちき》で発見、捕獲《ほかく》され、
一つの場所にまとめて収容《しゅうよう》されることになった。
捕《と》らえられた人々は、
「自分たちは、実験《じっけん》や解剖《かいぼう》に使われるのでは？」
とおののいた。

——しかし、案《あん》に相違《そうい》して、
捕《と》らえられた人々の生活は快適《かいてき》なものだった。
定められた範囲《はんい》から
脱走《だっそう》することはできないが、
食糧《しょくりょう》も住環境《じゅうかんきょう》も、かつての生活よりも
はるかに優雅《ゆうが》なもので、
病気や怪我《けが》をしたときには、
高度な医療《いりょう》がほどこされた。
ある時、人類の居住《きょじゅう》エリアの
端《はし》までいった者が、
そこに大きな看板《かんばん》が
かかっているのを見つけた。
エイリアンの言語に詳《くわ》しいその者は、
その看板の意味、
そして自分たちの境遇《きょうぐう》を理解した。

第58話

仕事に忠《ちゅう》実《じつ》な男

河川《かせん》管理局の男が、川の見回りをしていると、バシャバシャという音が聞こえてきた。
男が、急いで駆《か》けつけてみると、ひとりの男が川の中ほどで、泳いでいるのが見えた。

泳いでいるわけじゃないんだな。それならいい
プイッ
遊泳禁止

第59話

カエルになった王子

森を散歩《さんぽ》していた王女は、
奇妙《きみょう》な声に呼《よ》び止《と》められた。
その声の主《ぬし》は
小さなカエルであった。
「私は、某国《ぼうこく》の王子です。
魔法《まほう》によって、
このような姿《すがた》にされました。
でも、王女のキスによって、
私《わたし》は人間に戻《もど》れるのです」
王女はカエルを顔に近づけた。

王女は、カエルを顔に近づけ
——言った。
「私にプロポーズしてくる王子は、
数え切れないほどいるの。
それに欲《ほ》しいものなら、
何でも手に入るわ。
でも、人間の言葉を話すカエルは
まだ持っていないの」

第60話

消えた妻《つま》

マイクとスーザンは、結婚《けっこん》して10年になる夫婦だ。新婚当初こそ、マイクはいっさいの遊びをやめ、スーザンとの家庭生活に愛情を注いだが、今はもう、スーザンが就寝《しゅうしん》する前に帰宅《きたく》することもなくなっている。
ある日、スーザンの堪忍袋《かんにんぶくろ》の緒《お》が切れた。

私が、あなたの前から姿《すがた》を消しても、あなたは、何も感じないいんでしょうね!?
そうかもしれないね。何なら、試《ため》してみたらいいんじゃないか?

その日から、スーザンは、マイクの前から姿を消した。マイクは、自分の一言《ひとこと》を深く反省した。

5日後――。
ようやく、スーザンが、
マイクの前に姿《すがた》を現《あらわ》した。
正確《せいかく》に言うとスーザンの姿が
見えるようになった。

スーザンに殴《なぐ》られ、
腫《は》れたまぶたが、
ようやく回復《かいふく》し、
視界《しかい》が光を
取《と》り戻《もど》してきたのだ。

第61話
流《る》刑《けい》地《ち》

人道的見地《けんち》から、その星には、
「死刑《しけい》」という制度が
存在《そんざい》していなかった。
そのため、凶悪《きょうあく》な犯罪を犯《おか》した者は、
流刑地に送られることになる。
しかし、その流刑地は、
劣悪《れつあく》な自然環境《かんきょう》の中、
日々、殺戮《さつりく》ゲームが行われるような場所で、
一度、流刑地に送られた者は、
二度と生還《せいかん》することはできなかった。
今日もまた、一人《ひとり》の男が裁判《さいばん》で、
「流刑」の宣告《せんこく》を受けた。

流刑だけはやめてくれ！流刑にされるくらいなら、俺《おれ》がまだ人間でいられるうちに、俺を殺してくれ！

麻酔《ますい》をかけられていた男が
意識を取《と》り戻《もど》したとき、
男は、すでに流刑地《るけいち》に送られていた。
濁《にご》った大気が街《まち》に充満《じゅうまん》し、
毒ガス室にいるようだ。
狂気《きょうき》を表情にはらんだ
人間の群《む》れが、
無言《むごん》で男に迫《せま》ってくる。
男は、流刑星の先住民が
「地球」と呼《よ》ぶ、
この星の真《ま》ん中《なか》で、
大きな声で悲鳴を上げた。

第62話

犬の世界

剣《けん》持《もち》博士《はかせ》は、人間嫌《ぎら》いとして有名であった。
「人間は、嘘《うそ》や争《あらそ》いばかりだ。
それにくらべて、イヌは優《やさ》しく純粋《じゅんすい》だ」
彼は、動物、特にイヌを愛していた。
彼は自分が発明した翻訳《ほんやく》マシンを、
自《みずか》らの脳《のう》に取り付ける手術《しゅじゅつ》に踏《ふ》み切《き》った。
この機械をつければ、
イヌの言葉《ことば》がわかるようになる。
その代わり、人間の言葉は理解できなくなる。
手術は成功した。
飼《か》っていた十数頭のイヌたちが、
仲間を迎《むか》え入れるように駆《か》け寄《よ》ってきた。

純粋《じゅんすい》な心をもったイヌたちが、
いっせいに博士に吠《ほ》え、
いや語りかけてきた。

第63話

好《この》みの顔

エリカが、バーで一人《ひとり》きりでお酒を飲んでいると、
男がエリカの隣《となり》の席に座《すわ》り、話しかけてきた。
「先ほどから、不思議《ふしぎ》でならないんです。
どうして貴女《あなた》は、僕《ぼく》の好みを知っているんですか？」
「それ、どういうことかしら？」
「あなたがなぜ、
僕がひとめボレしてしまうような顔を
知っているのか、ということですよ」
「あなたが好きな顔なんて、知らないわ。
そもそも、私たち、
お会いするのは、はじめてですよね？」

男は、情熱的なまなざしを向けて、
エリカに言った。
「だって、あなたは、
僕《ぼく》が、『この世で最も美しい』と思う
顔をしていて、
それを僕に見せてくれて
いるじゃないですか？
それなのに、僕の好みを知らないなんて、
あり得《え》ないでしょう？」

第64話

離婚《りこん》した夫

エリカが、バーで一人《ひとり》お酒を楽しんでいると、隣《となり》に座《すわ》った男が、歯の浮《う》くような陳腐《ちんぷ》な言葉で、声をかけてきた。

「ほめてくれて有難《ありがと》う。あなたも、私のタイプよ。でも、あなたは、私の離婚したダンナに似《に》ているの。お互《たが》い、見た目にひかれて結婚したんだけど、性格が合わずに、すぐに離婚したわ」

男は、同情するような口調《くちょう》で言った。

「だから、こうして、一人でお酒を飲んでいるんですね。いつ離婚したんですか？」

エリカは、意地悪《いじわる》そうに微笑《ほほえ》んで、
男のほうを向いて言った。
「あら、私、まだ結婚《けっこん》もしたことないわよ。
離婚《りこん》するのは、
あなたのお誘《さそ》いに乗っていたとして、
1年後くらいかしら」

第65話

医者の倫理観《りんりかん》

その医者は、たぐいまれな手術の腕《うで》をもっていたが、
一方で、高額《こうがく》な手術代金を請求《せいきゅう》する
「銭《ぜに》ゲバ」として有名であった。
医師のその倫理観に疑問《ぎもん》をもつ新聞記者が、
あるとき、意地《いじ》の悪い質問を投げかけた。
「あなたの前に、
二人《ふたり》の患者《かんじゃ》が運ばれてきたとしましょう。
一人《ひとり》は、汚職《おしょく》まみれ、
悪政で国民を苦しめる政治家。
でも、お金は持っている。
もう一人は、将来《しょうらい》を期待《きたい》された、
天才サッカー少年。
でも、家庭は貧乏《びんぼう》で手術代は払《はら》えない。
あなたは、どちらの患者を先に手術しますか？」

医者は、記者を冷笑《れいしょう》するような目つきで見た。
そして答えた。
「そんなの簡単な問題だろう。
より重篤《じゅうとく》な患者、緊急性《きんきゅうせい》を要《よう》する患者を先に手術するに決まっているじゃないか。
その患者が犯罪者だとか、才能《さいのう》や将来性《しょうらいせい》があるとか、そんなことは関係ない。
私たち医師は、裁判官《さいばんかん》じゃない。
ただ目の前にいる患者を治《なお》すだけだ」

第66話

30年の我慢《がまん》

町はずれに住む発明家は、
ガラクタのような機械ばかりを作る
「インチキ科学者」として、
住民から笑《わら》われ続けていた。
しかし、ある日を境に、
ボロボロだった工場が新しい設備に変わるなど、
発明家の生活は一変した。
「何か画期的《かっきてき》な発明に成功したのだろうか？」
不思議《ふしぎ》に思った子ども達《たち》が、その理由を聞いた。
発明家は、「30年の苦労が実を結んだんだよ」
と語った。

「――30年前、
私は、ある画期的な発明をした。
しかし、それを実用化するための投資《とうし》を、
ある実業家に持ちかけたんだが、
まったく相手にしてもらえず、
嘲笑《ちょうしょう》されてな。
それでカッとなって
花瓶《かびん》で実業家を撲殺《ぼくさつ》してしまったんじゃよ。
そのとき、金庫にあった金塊《きんかい》を盗《ぬす》んでな。
その事件がようやく時効《じこう》になったのさ。
30年間、金塊を換金《かんきん》できず、
じっと我慢《がまん》したんだが、
その苦労が、ようやく報《むく》われたのさ。
あぁ、この話、内緒《ないしょ》じゃぞ。
さもないと、この人間消滅《しょうめつ》マシンで……」

第67話

限《かぎ》りなく透明《とうめい》に近いブラック

大学の同窓会《どうそうかい》で、二人《ふたり》の男が顔を合わせた。
やや怒《いか》りをふくんだ表情の男が、
疲《つか》れた表情の男につめよって詰問《きつもん》した。
「お前の経営《けいえい》していた会社、
かなりのブラック企業《きぎょう》だったらしいな！
腹黒《はらぐろ》いお前は、がっぽり儲《もう》けて金を貯《た》めて、
従業員《じゅうぎょういん》はさぞかし苦しんだんだろうな！」
つめよられた男は、
自嘲気味《じちょうぎみ》に弱々《よわよわ》しく答えた。

「たしかに俺《おれ》の会社は、ブラック企業《きぎょう》だった。
俺は、儲《もう》けばかり優先《ゆうせん》して、
社員のことなんか考えもしなかった。
心の中まで真っ黒に汚《よご》れて、
法律《ほうりつ》に反することも平気でやったよ。
でも、それが原因で刑事告訴《けいじこくそ》されて、
3年間、刑務所《けいむしょ》に服役《ふくえき》したんだ。
刑に服する中で、自分の汚れていた部分を
すべて洗《あら》い流したつもりだよ。
ため込《こ》んでいた財産もすべて補償《ほしょう》にあてて、
当然、仕事も失ったさ。
だから、今は無職《むしょく》（無色）だよ。

第68話
怒《いか》りの理由

会社の上司が、
若《わか》い部下《ぶか》に対して、
怒りをあらわにしていた。
どんなに怒《おこ》っても若い部下は、
態度《たいど》を改《あらた》めようとしない。
一方の若者も、
自分がなぜ怒られるのか
その理由《りゆう》がわからなかった。

お前は、自分がなぜ怒られているか、わかっているのか！
その態度は何だ。言いたいことがあれば、きちんと話したらどうなんだ!?

ついに堪忍袋《かんにんぶくろ》の緒《お》が切れた
上司は言った。
「だから、
仕事中にガムを
ふくらませる
バカがどこにいるんだ！」

第69話

デビュー前夜

新人作家が小説を出版社《しゅっぱんしゃ》に持《も》ち込《こ》んだ。
原稿《げんこう》を一通り読み終えた編集者《へんしゅうしゃ》は、
作家のことをじろりとにらんで言った。
「経歴《けいれき》では、数学の専門家《せんもんか》ということですが…。
道理で、言葉《ことば》も文章も滅茶苦茶《めちゃくちゃ》なわけだ。
結論から言いましょう。
物語を広げるだけ広げて、
最後は『夢《ゆめ》でした』という夢オチは、
プロの作家なら、絶対にNG《エヌジー》です」
編集者に冷たく追《お》い返《かえ》された作家は、
肩《かた》を落として、部屋を立ち去ろうとした。

部屋を立ち去《さ》ろうとする作家に、
編集者が声をかけた。
「ドジソンさん、あなた、もし小説《しょうせつ》が
出版《しゅっぱん》できることになったら、
ペンネームを使いたいって言ってましたが、
なんていうペンネームなんですか？」
作家が一縷《いちる》の望《のぞ》みにすがるように振《ふ》り向《む》く。
編集者は、誤解《ごかい》をとくように言う。
「いやいや、
この小説がダメなのは変わらないんですが、
ちょっと興味《きょうみ》があって…」
作家は、一瞬《いっしゅん》さびしそうな顔をしたが、
すぐに明るい声で言った。

ルイス・キャロルという
ペンネームです。
作品のタイトルも、
『不思議《ふしぎ》の国のアリス』
にしようと思っています

第70話
爆《ばく》弾《だん》処《しょ》理《り》

爆弾は、吸《す》えば即死《そくし》するような毒ガスが充満《じゅうまん》した、
狭《せま》い部屋《へや》にしかけられていた。
ガスを吸ったり、
皮膚《ひふ》に触れないようにするために、
爆弾処理班《はん》は、
完全防護《ぼうご》の作業着《さぎょうぎ》を着る必要があった。
部屋は、一人《ひとり》だけしか入れないような広さである。
トムが部屋に入り、爆弾を見たとき、
爆発までほとんど時間はなかった。
しかし、爆弾はシンプルなつくりで、
赤か青のコードのうち、どちらかを切れば、
爆破は解除《かいじょ》できる。
トムは、部屋の外にいるチームに指示をあおいだ。

どちらのコードを切ればよいか指示をお願《ねが》いします！

トムからの報告を受けた解除班《かいじょはん》の班長は、
防護服《ぼうごふく》に内蔵《ないぞう》されている通信機に、
大きな声で叫《さけ》んだ。
「トム、青だ。青いコードを切るんだ!」
青はトムにとって、ラッキーカラーである。
しかし、トムの目に見えていたのは、
濃《こ》さの違《ちが》う、2本の青いコードであった。
この前、防護服のガラスが割《わ》れたとき、
ガラスをラッキーカラーの青に変えたことを、
トムは激《はげ》しく後悔《こうかい》していた。

第71話

ミッションクリア

トムからの連絡《れんらく》を受けた班長は、
通信機に向かって大きな声で叫んだ。
「トム、青だ。青いコードを切るんだ！」
あとは、トムにかけるしかない。
――爆破予告《ばくはよこく》の時間が過ぎる。
班長は、まだ毒ガスが残るであろう
室内に入っていった。
爆弾の青いコードは切断されていたが、
トムは、血の海の中に倒《たお》れていた。

そのとき、班長《はんちょう》は思い出した。
トムの防護マスクのガラスが青かったことを。
――トムは、コードの色を確認《かくにん》するために、
毒ガスを吸《す》うことを承知《しょうち》で
マスクのガラスをはずしたのだろうか。
そのとき、
防護服の通信機がかすかな声を拾った。
「班長、早く助けてくださいよ。
防護手袋《てぶくろ》を脱《ぬ》いだから、
手がいかれちゃいましたよ」
そして続けて言った。

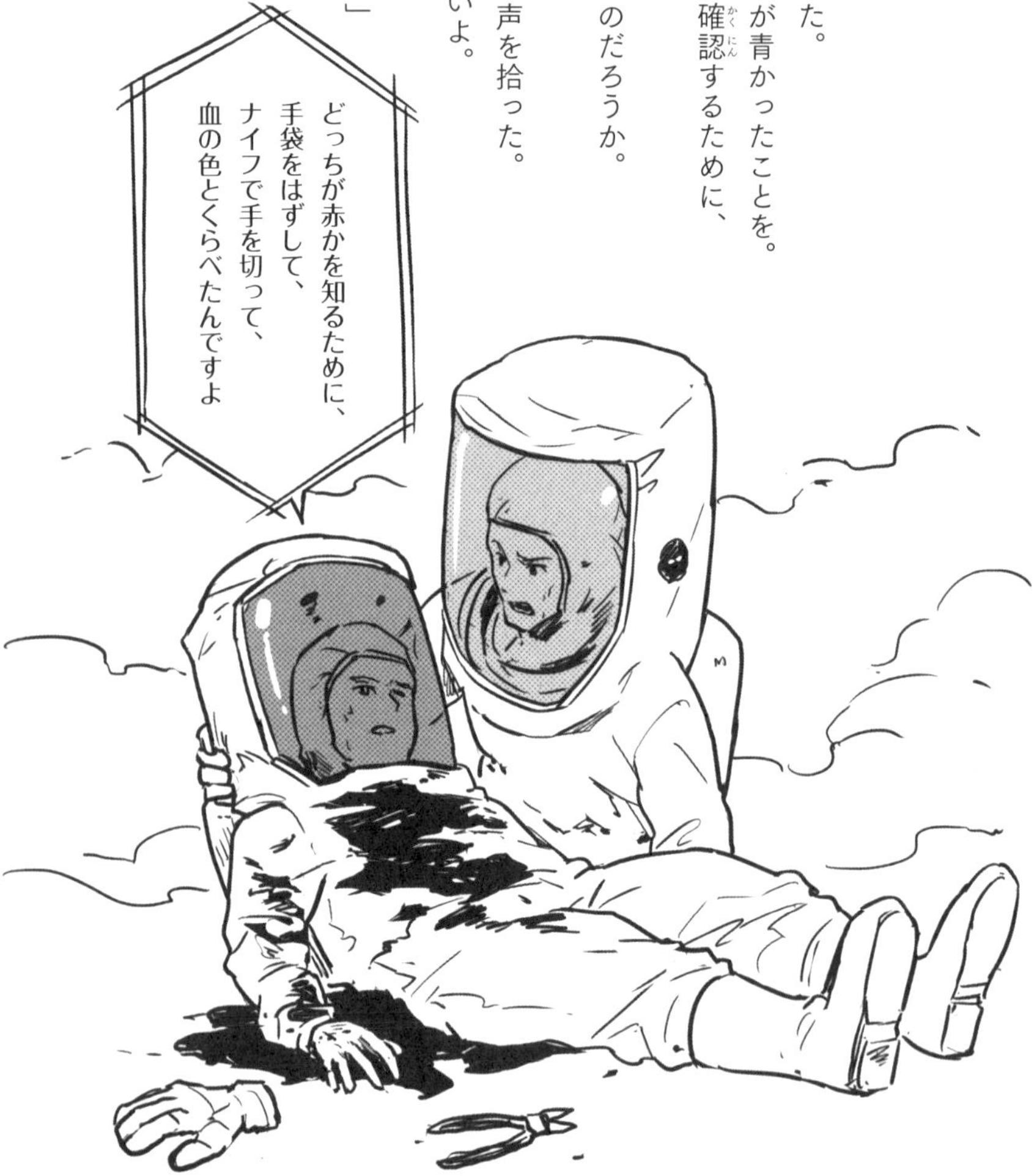
どっちが赤かを知るために、
手袋をはずして、
ナイフで手を切って、
血の色とくらべたんですよ

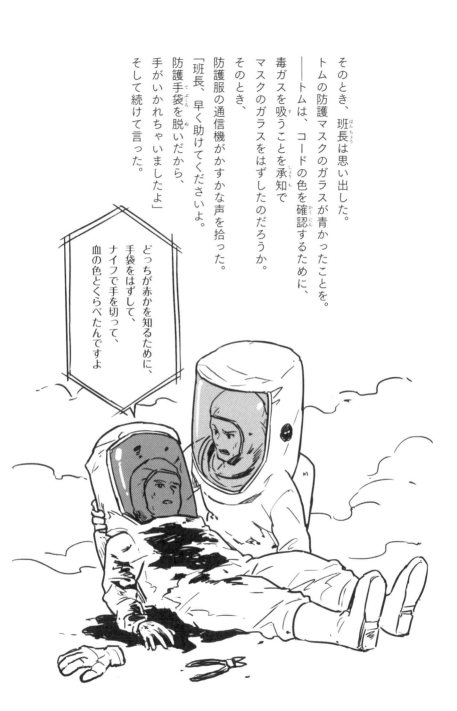

第72話
子どもの行方《ゆくえ》

街灯《がいとう》だけが道路を照らす、深夜の住宅街《じゅうたくがい》。
帰途《きと》を急ぐ男の目の前に、
突然《とつぜん》、まだ小学校に通う前の年頃《としごろ》であろう
男の子が飛び出してきた。
そして、そのすぐ後を、
母親とおぼしき女性が必死に追いかける。
男の子は、母親に捕《つか》まらないよう逃《に》げる。
少年は、すきを見て、猛《もう》スピードで走り出す。
母親は、「再婚《さいこん》相手の連《つ》れ子なんです。
なかなか母親と認《みと》めてくれなくて…」と、
恥《は》ずかしそうに言って、再び追いかける。
二人《ふたり》はもう、男には見えなくなっていた。

いい加減に、家に戻《もど》りなさい
お前なんか、ママじゃない！

翌日《よくじつ》――。
ニュースは、深夜の住宅街で
起きた事件を伝えていた。
それは、昨日、男が母子に
遭遇《そうぐう》した近辺《きんぺん》であった。
若い夫婦が何者かに
惨殺《ざんさつ》されたと報道されていた。
そして、行方《ゆくえ》不明になっているという、
一人息子《ひとりむすこ》の写真を見て、男は驚《おどろ》いた。
昨日、深夜に遭遇した男の子であった。
そして画面は切《き》り替《か》わり、
再び殺害された夫婦の写真が映《うつ》し出された。
「えっ、この母親、昨日の女性じゃない……」
まだ、男の子は行方不明のままである。
あのまま逃《に》げ切《き》ったのか、それとも……。

第73話

売れない画家

一人《ひとり》の老婆《ろうば》が、画家の工房《こうぼう》を訪《おとず》れ、
肖像画《しょうぞうが》を依頼《いらい》した。
しかし、画家は忙《いそが》しく、
その返事はつれないものだった。
「あんたを描《えが》いても、
いい絵にはならないだろうし、
第一、そんな少ない金額じゃ、
誰《だれ》も引き受けないだろうさ。
いや、隣村《となりむら》に、暇《ひま》にしている画家がいるから、
そいつなら描いてくれるかもしれないな。
上手《じょうず》に描くんだけど、技術に頼《たよ》って、
モデルに似《に》せようなんて、
少しも考えない奴《やつ》なんだけどな」

それを聞いた老婆《ろうば》は、
画家にお礼《れい》を言って立ち去ろうとした。
そして、振《ふ》り返《かえ》って聞いた。
「もう一度、その画家の方のお名前をうかがえますか?」
「隣《となり》のヴィンチ村のレオナルドだよ。
レオナルド・ダ・ヴィンチだ。
道は険《けわ》しいから、
気をつけていきなせぇ、
モナ・リザさん!」

第74話

自爆《じばく》テロ

外国のテロリストが日本に入国した。一般国民を狙《ねら》った大きな事件を起こすためである。

テロリストはトラックを借《か》り、休日で人混《ひとご》みにあふれた歩行者天国に向かって猛《もう》スピードでトラックを走らせた。

トラックの接近《せっきん》に気づいた人々が大きな悲鳴《ひめい》を上げた。

テロリストは、
さらにアクセルを踏《ふ》み込《こ》んだ。
――が、スピードがあがることはなく、
逆《ぎゃく》に、トラックは歩行者の前で
ピタリと止まった。
続いて、
機械で合成されたような女性の声が、
無感情《むかんじょう》に告《つ》げた。

第75話

イジメ対抗策《たいこうさく》

カバン持ちをさせられるなど、
少年は、同級生たちからイジメを受けていた。
彼が、ボディビルをはじめたのは、
そんな弱い自分を変えたいと思ったからだ。
トレーニングを重ね、
彼の身体《からだ》は、みるみる大きくなっていった。
半年後――
彼がカバン持ちで苦しむことはなくなった。

カバン持ち程度《ていど》、
彼の筋肉《きんにく》にとっては、
朝飯前《あさめしまえ》の運動になった
からである。

第76話
ご趣味《しゅみ》は？

お見合いをしている二人《ふたり》は、
ともに一度離婚《りこん》を経験《けいけん》していた。
ミホの前夫《ぜんぷ》は、お金にしか興味《きょうみ》がなく、
彼女とはまったく異《こと》なる価値観《かちかん》をもっていた。
だから、今度結婚するときは、
「芸術を愛し、価値観が合う人と」
と心に決めていた。
紋切《もんき》り型《がた》ではあるが、
ミホのその質問《しつもん》は、
彼女にとって、
もっとも大切なものであった。

ご趣味は何ですか？
絵画鑑賞《かいがかんしょう》です。特に肖像画《しょうぞうが》が好きです。
自分でも集めていて、毎晩《まいばん》、コレクションを眺《なが》めていますよ

夜、自宅《じたく》に帰ったタケルは、
その日のお見合いのことを思い出していた。
悪くはない相手だったし、
相手も自分に好意《こうい》を持っているように感じた。
「おっと、こんな時間か。
明日は仕事だから、早く寝《ね》ないと」
しかし、そんなときも、タケルが、
日課のコレクション鑑賞《かんしょう》を
忘《わす》れることはなかった。

金庫の中から、大切な肖像画《しょうぞうが》を取り出す。
福澤諭吉《ふくざわゆきち》、野口英世《のぐちひでよ》、樋口一葉《ひぐちいちよう》……
タケルは、彼の大切な肖像画コレクション
――一般には「お札《さつ》」と呼《よ》ばれているが――
に、いつくしむように何度も頬《ほお》ずりした。

第77話

やさしい上司

新入社員と、その上司風の二人《ふたり》が、
食堂に入ってきて、席についた。
上司は大きな声で
注文をした。

「先に注文してしまったけど、
同じものでいいか?」
上司風の男は、
笑顔で若者にたずねた。
「もちろん、同じで構《かま》いません」
新入社員は答えた。

「おばちゃん、
日替《ひが》わり定食、２つ追加！」
上司風の男は大きな声で注文した。

「オレは、大食いだから、
いつも昼食は二人前《ににんまえ》食べるんだ。
でも、キミはあわせなくてもいいんだぞ。
新入社員の給料で、
二人前の昼食代はたいへんだろ？」

第78話

運転手の仕事

女優《じょゆう》が、激怒《げきど》しながら、
所属《しょぞく》する芸能事務所の
社長室のドアを開《あ》けた。
「こんどこそ許《ゆる》せない。
なんでこんな運転手を雇《やと》っているの？
さっきも、私が乗っているときに、
トラックに衝突《しょうとつ》しかけたのよ。
危《あや》うく死ぬところだった。
これで４度も殺されかけたわ」

社長は困惑《こんわく》した。
その女優は、かつては人気女優であったが、
今は、プライドばかり高く、仕事はほぼない。
事故《じこ》で話題になってもらったほうがましである。
社長は思わず言った。
「まぁまぁ、彼《かれ》も今度は失敗《しっぱい》しないだろう。
彼にもう一度だけチャンスを与えてくれないか」

第79話

たった一つの願《ねが》い

ヨットが難破《なんぱ》し、海に投げ出された家族が、命からがら無人島にたどりついた。島を見て回ったところ、食糧《しょくりょう》は確保《かくほ》できそうだが、飲料となる水は見当たらなかった。そのとき、子どもが拾《ひろ》ってきた古いランプからモクモクと煙《けむり》が上がり、魔神《まじん》が姿《すがた》を現《あらわ》した。何でも一つだけ出せる、と魔神は言う。家族は相談し、「飲み水」の確保《かくほ》が重要と考えた。

どんなものでも一つ、望みのものを出してみせましょう!

家族を代表して、
大きな声で子どもが、
願《ねが》い事《ごと》を叫《さけ》んだ。

第80話

妻《つま》には言えない秘密《ひみつ》

月曜日、男が会社に出社すると、
同僚《どうりょう》が近づいてきて、
小さな声でささやいた。
「昨日、キミがすごい美人と
腕《うで》を組んで歩いているのを見たぞ。
あんな美人とキミじゃ、
あまりに不釣《ふつ》り合《あ》いすぎて
目立ってたぞ。
あれ、いったい誰《だれ》なんだ?」
男は、青ざめた顔で言った。
「今、言ったことを、
絶対に妻に言わないって、
約束《やくそく》できるか?」
「あぁ、約束するよ」

「実は――」
男は、あきらめたように語り出した。
「キミが昨日見た、
俺《おれ》と一緒《いっしょ》にいた女性は、俺の妻《つま》なんだ。
『美人』とか、
『俺《おれ》には不釣《ふつ》り合《あ》い』なんて聞いたら、
すぐに天狗《てんぐ》になって、
自慢話《じまんばなし》が面倒《めんどう》くさいから、
絶対に、そんなことは
妻には言わないでくれよ」

第81話

働く人々

一代で、巨大《きょだい》なＩＴ《アイティー》企業《きぎょう》を
作り上げた起業家が、
工場視察《しさつ》に赴《おもむ》いた。
お忍《しの》びであり、
気をつかわせてもいけないので、
正体を隠《かく》しての視察であった。
説明をしてくれた作業員は、
自分が会話しているのが
経営者であると気づいていないのか、
気さくに工場のことを話してくれた。

この工場で働いているのはどれくらいの人数だね？

作業員は、ややしかつめらしい表情になり、声をひそめて言った。

第82話
追われる男

男が血相《けっそう》を変えて、
タクシーに飛び乗ってきた。
「追われているんだ。
早くタクシーを出してくれ！」
タクシーの運転手が外を見ると、
人相《にんそう》の悪そうな男たちが数人、
こちらに迫《せま》ってくるのが見えた。
運転手は、すんでのところで、
素早《すばや》くタクシーを発進させた。

追跡《ついせき》をまくようにして、
しばらく走ったところで
男はタクシーを降《お》り、
周囲を慎重《しんちょう》に見回し、
家路《いえじ》へと急いだ。
しかし、暗《くら》い夜道の向こうから、
何者かが近づく足音が聞こえてくる。
その足音は、明らかな意思《いし》をもって
男を追跡《ついせき》しているようにも聞こえた。
男は、すばやくマンションの
自室に逃《に》げ帰《かえ》り、
鍵《かぎ》を閉《し》めた。それから5分後――。
ドアベルが何度も鳴る。
男は観念《かんねん》したように、
おそるおそるドアを開ける。
そこには、男の記憶《きおく》にある者たちが、
怒《いか》りの形相《ぎょうそう》で立っていた。

お客さん、すぐに戻《もど》るっていうから、待《ま》ってたんですよ。
タクシー代を払《はら》ってくださいよ
この男が、お金を払わずに逃《に》げたんです！
おまわりさん、この男です。

第83話

神の不在証明《ふざいしょうめい》

ある日、日本中の人々の頭に、
神のイメージが浮《う》かび、声が聞こえてきた。
そのイメージや声は、
人によって違《ちが》っていたかもしれない。
しかし、それが神であることは、
ほぼすべての人間が直感的に理解《りかい》した。
その神は言った。
「我《われ》は、全知全能《ぜんちぜんのう》の神である。
すべてを知り、あらゆることができる。
これからは、我《われ》の教えにしたがうべし」
しかし、その声を聞いた一人《ひとり》の男が、
テレビに出演《しゅつえん》し、国民に訴《うった》えた。
「私が、この神が全知全能ではないことを
証明してみせましょう」

神にひとつ
質問しましょう。
神が持てないほど重い石を
作ることができますか?
もし、作れるならば、
今度は、その石を持ち上げて
みてください

人々は、一瞬《いっしゅん》、
時が止まったかのような
感覚を覚えた。
そして何事もなかったかのように
時が流れはじめた。

そこにはもう、
神に質問した男の姿《すがた》はなく、
男が存在《そんざい》していたと
覚えている者もいなかった。

第84話

神との対話

事業に失敗《しっぱい》、破産《はさん》した男が、神に語りかけた。
「あなたは悠久《ゆうきゅう》の時の中に存在《そんざい》している。
また、全能《ぜんのう》のあなたには、
お金などは無意味《むいみ》なものでしょう。
あなたにとって、1万年は、
どのくらいの時の長さなのでしょう?
あなたにとって、1000億円《おくえん》は、
どれくらいの価値《かち》に
感じるものなのでしょう?」
神は、答えた。
「人間の感覚にたとえるならば、
1万年は1秒、
1000億円は1円くらいだろう」
男は目を輝《かがや》かせて言った。

私は今まで、
あなたへの信心を
忘《わす》れたことがありません。
そんな私に、どうか、
あなたの1円を
お恵みいただけない
でしょうか?

お前の願《ねが》いは
叶《かな》えられるだろう

神の声を聞き
男は満面《まんめん》の笑《え》みを
浮《う》かべながら手を合わせ、
神への感謝《かんしゃ》の言葉を
唱《とな》え続けた。
続けて、神は厳《おごそ》かに男に告げた。

――1秒だけ
待つがよい

第85話

オーディションの結果

アイドルグループの最後の1名を選ぶオーディションが行われた。

会議室で選考が行われている間、オーディションの参加者たちは別室《べっしつ》で待《ま》たされる。

立花《たちばな》ジュリは、選ばれるのは、自分か、岬《みさき》マドカだろうと考えていた。

別室で待っていると気ばかり焦《あせ》る。

ジュリが気分転換《きぶんてんかん》に館内《かんない》をうろうろしていると、ある部屋《へや》の中から、話し声が聞こえてくる。

どうやら、この部屋で選考が行われているらしい。

途切《とぎ》れ途切れだが、その会話の内容は、ジュリを喜《よろこ》ばせるには十分な内容だった。

ジュリは
いいね！
そうだよね。
それにくらべて、
マドカは、
ダメだね

マドカよりも自分のほうが高く評価《ひょうか》をしてもらっている――。
それだけで、
このオーディションに受かるのは、間違《まちが》いなく自分だと確信《かくしん》できた。
ジュリは、嬉《うれ》しくなって、他《ほか》の参加者が待《ま》つ別室に戻《もど》っていった。

ジュリは、このグループにはいなくてもいいね！
そうだよね。それにくらべて、マドカは、絶対にいなきゃダメだね

第86話
真贋《しんがん》の鑑定《かんてい》

老人がその絵を買ったのは、
外国の蚤《のみ》の市《いち》であった。
絵に対して詳《くわ》しいわけではなかったが、
画家の名前は何となく聞いたことがあり、
その絵から、何とも言えぬオーラを感じたのが、
老人に衝動《しょうどう》買《が》いをさせた原因《げんいん》であった。
しかし、5000ドルという値段《ねだん》は、
決して安いものではなかったため、
老人の妻《つま》は、ぶつぶつと文句《もんく》を言った。
さらに、妻は、
「どうせ贋物《にせもの》でしょ」などと、
夫の審美眼《しんびがん》を疑《うたが》うような発言を繰《く》り返《かえ》す。
たまりかねた夫は、美術品の鑑定士《かんていし》に
真贋を鑑定してもらうことにした。

あなたがおっしゃる
画家が描いた、
まごうことなき本物です
この絵を蚤《のみ》の市《いち》で
見つけたのですか?

老人は、それ見たことかと
言わんばかりの表情で、
妻のほうを見た。
妻は、夫に対する申《もう》し訳《わけ》ない
という気持ちより、
絵が本物だったことに対する
期待《きたい》が勝《まさ》ったのか、
こぼれそうなほどの満面《まんめん》の笑《え》みを
浮《う》かべていた。

その二人《ふたり》の様子を見た鑑定士は、
努《つと》めて冷静《れいせい》に続けた。

この作品が
本物であることは
間違いありませんが…
この画家の評価は
まったく高くなくて、
価値としては、
100ドル程度《ていど》でしょう

第87話

夢《ゆめ》を追いかける女優《じょゆう》

女優になる！　少女の頃《ころ》から
ミドリはそう決めていた。
日本人すべてが、自分の顔と名前を知っている。
街《まち》を歩けば、人々が自分の名前を呼《よ》んでくれる。
——そんな女優になることが
ミドリの夢だったのである。
彼女《かのじょ》は、そのために必要な
努力を惜《お》しまなかった。
その甲斐《かい》があって、
だんだんと人気女優にもなっていった。
しかし、忌《い》まわしい事件が、
そんなミドリの夢を奪《うば》った。

その日、ミドリは夜の繁華街《はんかがい》を歩いていた。
すると、物陰《ものかげ》から数人の男が
飛び出してきて、
パシャパシャとフラッシュをたきはじめた。
ミドリは、人気俳優《はいゆう》とのデートを
スクープされたのである。

それ以来、ミドリは、事務所から
変装《へんそう》なしで外出することを禁《きん》じられた。
今、外出しても、彼女を人気女優だと
気づく者は誰《だれ》もいない。
「うまくいかないもんだなぁ」
ミドリは、大きなため息をついた。

第88話
呪《のろ》いの壺《つぼ》

男が骨董屋《こっとうや》で買ったのは、呪いの壺であった。
殺したい相手の髪《かみ》の毛《け》を入れて
家に置いておくだけで、
相手を呪い殺すことができる、という。
相手の見えるところに飾《かざ》っておけば、
効果は高いというが、
見るからにまがまがしいこの壺を、
堂々と飾っておくわけにはいかない。
男は妻の髪の毛を入れた壺を
妻の目の届《とど》かない場所にしまっておいた。
しかし、３ヶ月経っても効果は現れない。
「もし効果がでなかったら半額《はんがく》で引き取る」
という店主の言葉を思い出し、
男は、壺を骨董屋に返品《へんぴん》した。

今、男は、非常に複雑な思いを
胸《むね》に抱《いだ》いている。

リビングの最も目につくところに、
あの「呪いの壺」が置かれているのだ。
昨日、妻が、この壺を
置いているのを見た。
妻は、新婚《しんこん》当初によく見かけた
幸せそうな笑顔で、
鼻歌を歌っていた。

第89話

クリスマスプレゼント

クリスマス前日の朝、
母親が兄弟を呼《よ》んで言った。
「サンタさんに、
クリスマスプレゼントに何がほしいか、
小さな声でお祈《いの》りしなさい」
その内容を夫に連絡《れんらく》して伝え、
夫がプレゼントを買ってくる、
という手はずになっていたのだ。
すると、子ども達《たち》は、
叫《さけ》ぶような大声で、
ほしいプレゼントを列挙《れっきょ》しはじめた。

母親は、さとすように、子ども達に言った。

「そんな大きな声で言わなくても、ちゃんとサンタさんには聞こえるわよ」

それに答えるように、弟が言った。

「小さな声だと、ママには聞こえるかもしれないけど、2階《かい》にいるおじいちゃんとおばあちゃんには聞こえないでしょ」

あわてて、兄がそれを制《せい》す。

「おい、それは言っちゃだめだろ！」

第90話
遺《い》産《さん》相続

老人は、一代で財《ざい》を築《きず》いた富豪《ふごう》だった。
彼《かれ》には7人の子がいたが、その子ども達《たち》のほとんどが、
老富豪に逆《さか》らうことはできなかった。
なぜなら、彼に逆らえば、
遺産を相続させてもらえなかったからだ。
その中で、末子《まっし》の洋助《ようすけ》だけは、
父親の横暴《おうぼう》に逆らい続けた。
しかし、老富豪が生前に書いた遺言状《ゆいごんじょう》で
遺産の大部分を相続することになっていたのは、
その、洋助であった。
ある日、「父親が危篤《きとく》状態」という連絡《れんらく》が子ども達に届《とど》き、
子ども達全員が、病床《びょうしょう》に伏《ふ》す老富豪の元に集まった。

老富豪《ろうふごう》は、多くの子どもの中から、
洋助《ようすけ》を枕元《まくらもと》に呼んだ。
「ワシのご機嫌《きげん》をとろうとする輩《やから》が多い中、
お前だけが、ワシに逆《さか》らい、
苦言《くげん》を言い続けてきた。
ワシは、そんなお前が嫌《きら》いではない。
そう、嫌いどころではない
……大嫌いじゃ！
ワシが危篤《きとく》と聞いて、
内心、喜《よろこ》んだんじゃないのか。
遺産《いさん》の相続人はまだお前のままだが、ワシはまだ死なん。
いつでも遺言《ゆいごん》は書《か》き換《か》えられるぞ。
お前は、いつもキレイごとを言っておるが、
父親の死を喜ぶ自分の醜《みにく》さをかかえて、
今後の人生を生きるがいい！」

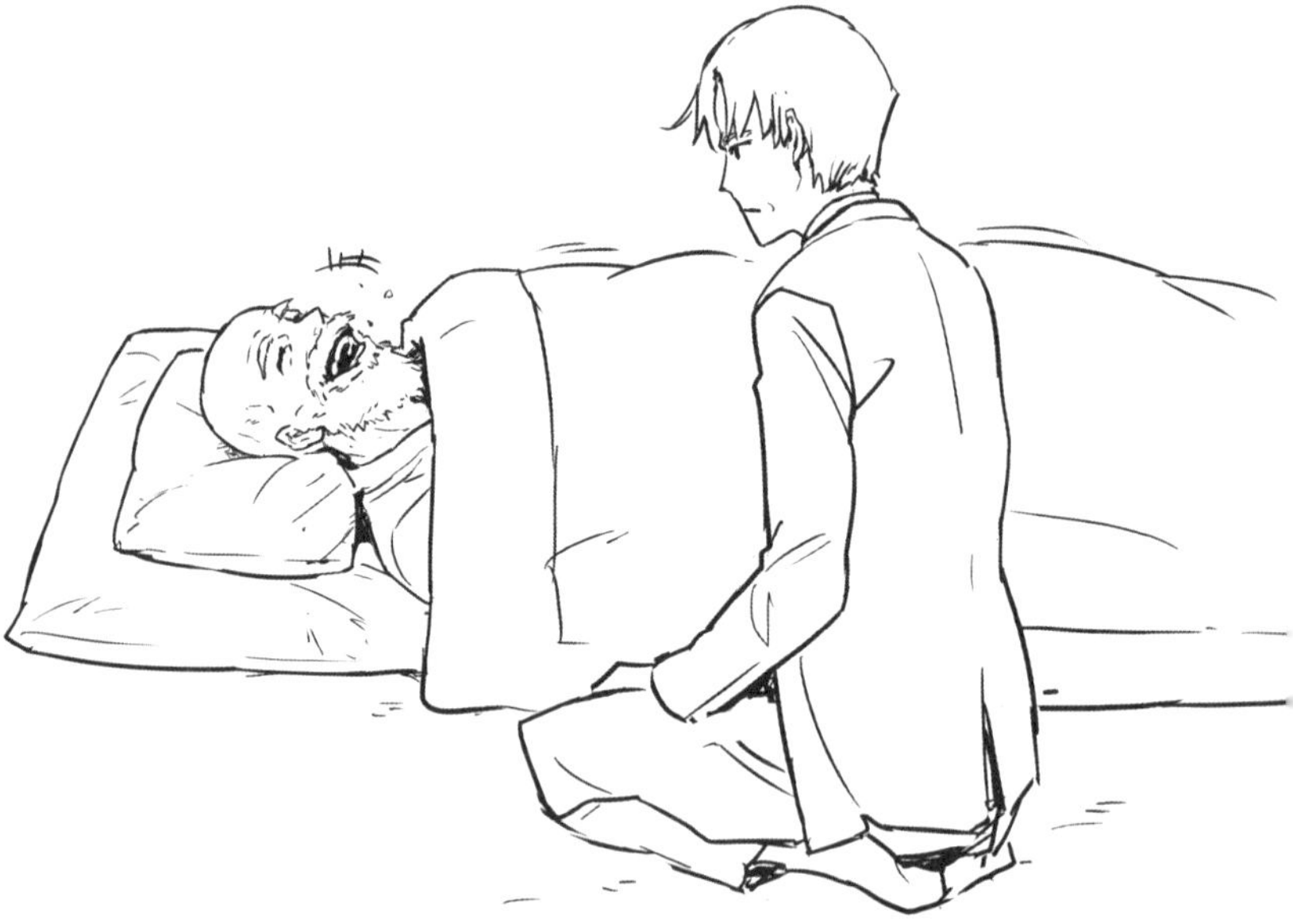

第91話

名画の値段《ねだん》

一人《ひとり》の貴婦人《きふじん》が、ゴッホの名画を売りたいと、画商のもとを訪《おとず》れた。

画商は、単刀直入《たんとうちょくにゅう》にたずねた。

「奥様《おくさま》は、いくらで買ってほしいと考えているのですか？」

貴婦人は、３本の指を立てた。

「３００万ドルですか？　そこまでは難《むずか》しいかもしれませんね」

貴婦人は、首を強く振《ふ》ると、静かに言った。

「いいえ、３ドルで結構《けっこう》ですわ」

これは、正真正銘《しょうしんしょうめい》、ゴッホの絵である。

貴婦人は、贋作《がんさく》だと考えているのだろうか？

貴婦人《きふじん》は、画商の疑問《ぎもん》に
答えるように説明しはじめた。
「先日、夫が亡《な》くなったんですの。
夫は、遺言状《ゆいごんじょう》に、
遺産《いさん》の分配方法《ぶんぱいほうほう》を書いていましたわ。
だから遺産の分《わ》け方《かた》は、
それにしたがわないといけませんの。
その遺言状で、私たち家族は、
はじめて夫に愛人がいたことを
知りましたのよ。
遺言状には、こう書いてありましたわ。
『ゴッホの絵を売って得られた額を、
アイリーンに贈《おく》る』ってね。
だから、あなたに、この絵を3ドルで
売りたいのよ。おーっほほほほ」

第92話

怪盗《かいとう》からの予告状《よこくじょう》

「絵画を盗《ぬす》む」という予告状が、
美術館の館長のもとに届《とど》いた。
その絵画は、高価なものであったが、
美術館の目玉というわけでもなく、
なぜその作品が狙《ねら》われるのか、
関係者は首をひねった。
犯行の予告日、
絵画の警備《けいび》が厳重《げんじゅう》になされる中――
突然《とつぜん》、床《ゆか》から煙《けむり》が噴《ふ》き出し、
警備員の視界《しかい》はふさがれた。

それは時間にして、
ほんの数十秒のことである。
しかし、
絵画をチェックした館長が
悲鳴を上げた。
「ニ、ニセモノに
すり替《か》えられている！」
怪盗《かいとう》の正体《しょうたい》はもとより、
怪盗がどのように
絵画を盗んだのか、
そのトリックを見破る者は
誰《だれ》もいなかった。
たった一人《ひとり》を除いては――。

第93話

腹話術師《ふくわじゅつし》

その腹話術師は、人形のサムに、客に対して毒舌《どくぜつ》でつっこませることを芸風《げいふう》にしていた。

どのお客につっこむかで、ステージの盛《も》り上《あ》がりが変わる。客選びこそが、腹話術師の腕《うで》の見《み》せ所《どころ》だった。

今日、つっこむ相手として選んだのは、品の良さそうな貴婦人《きふじん》であった。

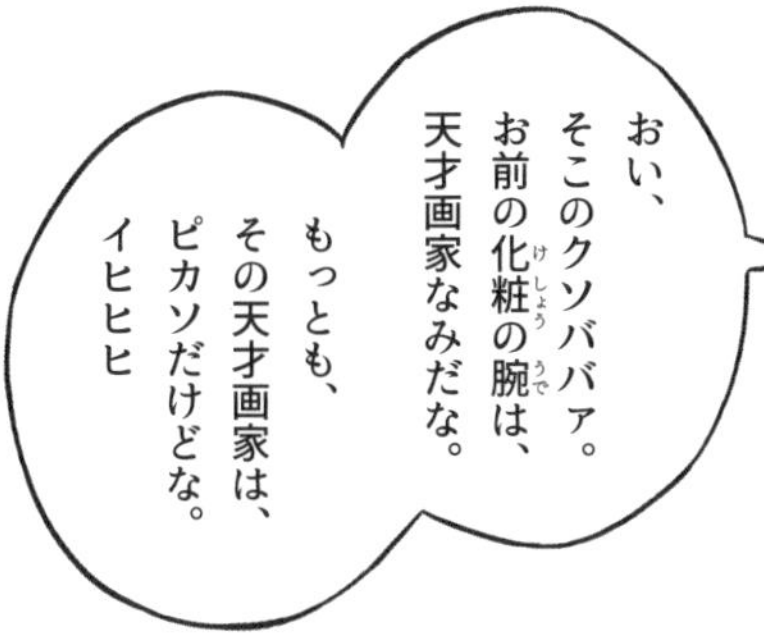
おい、そこのクソババァ。お前の化粧《けしょう》の腕《うで》は、天才画家なみだな。
もっとも、その天才画家は、ピカソだけどな。イヒヒヒ

すると、貴婦人は、鬼《おに》のような形相《ぎょうそう》で立ち上がり、猛抗議《もうこうぎ》した。

お客がそんなに怒《おこ》るのは
はじめてのことで、
腹話術師《ふくわじゅつし》は、驚《おどろ》き焦《あせ》った。
そして、ステージのことを忘れ、
言《い》い訳《わけ》がましく謝《あやま》った。
「こういう芸風なもので、
けっして侮辱《ぶじょく》するつもりだったのでは…」
腹話術師の言葉をさえぎって、
貴婦人の怒声《どせい》は続いた。

第94話

幸運の女《め》神《がみ》

ジェームズにとって、
彼女《かのじょ》は、「幸運の女神」にも思えた。
ツキに見《み》放《はな》されていたカジノだったが、
彼女が来てから、
すべての勝負に勝ったからだ。
稼《かせ》いだお金の一部を宝石に換《か》え、
彼女にプレゼントする。
それでもまだ、スーツケースいっぱいに
札《さつ》束《たば》がつまっている。
彼女は、宝石のお返しに、
ささやかなお礼《れい》がしたいと言った。

ジェームズ、
目を閉《と》じて、
顔をこっちに向けて

ジェームズは、
言われるがままに目を閉じた。
しかし、いつまで経《た》っても、
彼が期待《きたい》するやわらかな感触《かんしょく》は、
唇《くちびる》にも、頬《ほほ》にも訪《おとず》れなかった。
ジェームズは、ゆっくりと目を開ける。
彼女《かのじょ》の姿《すがた》は消えていた。
そして、
札束《さつたば》がつまったスーツケースも、
同時に消えていた。

第95話

手術前に語られた半生《はんせい》

国民的人気《にんき》の女優《じょゆう》が、
「成功率1％以下」と言われる
難《むずか》しい手術に臨《のぞ》むことになった。
手術前、女優は、手術を担当《たんとう》する医師を呼《よ》び、
秘密《ひみつ》のベールに隠《かく》された、自身の半生を語り出した。
それは、波瀾万丈《はらんばんじょう》と言うにふさわしい人生だった。
「私に子どもがいることはご存《ぞん》じよね？」
かつて、その父親が誰《だれ》か、ということについて、
さまざまな憶測《おくそく》が流れ、
全国民が芸能記者のようになった。
しかし、その真相は明かされなかった。
「先生にだけは、その真相を話すわ。実は……」
医師は、好奇心《こうきしん》を抑《おさ》えることができなかった。

「実は……。

この続きは、手術が終わってからね」

医師は、肩《かた》すかしをくったような気持ちになった。

大女優《だいじょゆう》は、その気持ちをもてあそぶように続けた。

「手術を成功させて、私が生きていれば、あなたが驚《おどろ》くような真相が聞けるわよ」

第96話

真説《しんせつ》「ツルの恩返《おんがえ》し」

冬の夜、女が「恩返しをさせてください」と尋《たず》ねてきたとき、男は内心ほくそえんだ。隣家《りんか》の与《よ》ひょうが、ツルを助《たす》け、その恩返しとして、高価《こうか》な織物《おりもの》を手に入れたことを知っていたからである。

与ひょうは、約束《やくそく》を破《やぶ》って部屋《へや》をのぞいてしまい、ツルは去《さ》っていったそうだが、自分は、そんな失敗はしない。

織物を手に入れるために、罠《わな》でツルをとらえ、わざわざ恩着《おんき》せがましくツルを逃《の》がしたのだから。

しかし、いくら男が待っても、部屋の扉《とびら》は開かない。しびれを切らした男が、扉を勢《いきお》いよく開ける

——そこに女はいなかった。

部屋に置《お》いていた金品までもが消えていた。

男が部屋の中を調べると、
床《ゆか》の上に、数枚《すうまい》の鳥の羽根《はね》が落ちていた。
おそらく、ここで人間への変身《へんしん》を解《と》いて
飛び去っていったのだろう。
ふと男は、手に持っていた羽根を見た。
そして、自分が大きな間違《まちが》いを
していたことに気づいた。

「この羽根は、ツルの羽根じゃない!
あの女は、ツルじゃなくて、
サギ(鷺《さぎ》)だったんだ!」

第97話

創《そう》作《さく》魂《だましい》

小説《しょうせつ》の新人賞を受賞した男性が、
ステージに立ち、
マイクに向かってスピーチした。
「私は、小さい頃《ころ》から、
ミステリー作家になるのが夢《ゆめ》でした。
創作《そうさく》する時間を確保《かくほ》するために、
就職《しゅうしょく》はせず、アルバイトをしながら
執筆《しっぴつ》しています…」
男性は感極《かんきわ》まり、
スピーチを続けられなかったが、
大きな、そしてやさしい拍手《はくしゅ》が
会場を包《つつ》んだ。

アルバイトの面接官《めんせつかん》は、
男性の履歴書《りれきしょ》をちらっと見て、
わざと嫌《いや》みな口調《くちょう》で言った。
『小説新人賞の受賞歴《れき》あり』ねぇ…。
小説執筆《しっぴつ》なんて特技《とくぎ》は、
警備員《けいびいん》のアルバイトには、
何の関係もないでしょう？」
男性は、そんな嫌みも意に介《かい》さず、
ハキハキとした口調で答えた。
「いえ、警備員のアルバイトは、執筆に役立ちます。
受賞した作品も、前の警備のアルバイトの最中に、
パソコンを持《も》ち込《こ》んで執筆したものです。
それに、実際に盗《ぬす》んでみて、
トリックの検証《けんしょう》もできますから！」

第98話
魔物《まもの》の時代

中世《ちゅうせい》のヨーロッパには、さまざまな魔物が、
陽《ひ》の当たらぬ地下に棲息《せいそく》していた。
たとえばオーグルなどの巨大《きょだい》な魔物は、
人間をさらい、人間を食らって生きていた。
しかし、文明の発達《はったつ》により闇《やみ》は失《うしな》われ、
それとともに、魔物たちは、
人間の想像の中から姿《すがた》を消していった。
一方で、中世のヨーロッパは、
人間にとっても過酷《かこく》な時代であった。
黒死病《こくしびょう》（ペスト）の流行《りゅうこう》により、
ヨーロッパは、全人口の半分を失《うしな》ったと
言われている。

20××年、アルプス山脈《さんみゃく》のふもとを入口とする、
巨大《きょだい》な地下洞穴《ちかどうけつ》が発見された。
その巨大洞穴は、ヨーロッパ各国に
蜘蛛《くも》の巣状《すじょう》にはりめぐらされていた。
そして、その洞穴の中から、
無数《むすう》の人骨《じんこつ》が見つかった。
その人骨には、現代の人類とは異《こと》なる特徴《とくちょう》があった。
獣《けもの》のような頭蓋骨《ずがいこつ》にはキバが生《は》え、
推定《すいてい》される身長は5メートルにもなったのだ。
彼らはなぜ、大量死《たいりょうし》し、絶滅《ぜつめつ》したのか。
DNA《ディーエヌエー》により死因《しいん》が鑑定《かんてい》された。
彼らの死因が特定された。「黒死病《こくしびょう》」である。
人間を捕食《ほしょく》していたため黒死病に感染《かんせん》したのか、
彼らを絶滅させるために黒死病が利用されたのか、
歴史書《れきししょ》に、その記述《きじゅつ》はない。

第99話

前へ進め

道路を走っていたクルマが、
急にスピードを失《うしな》い、道端《みちばた》に止まった。
ガソリン切れらしい。
運転していた女性が
困《こま》った様子《ようす》でたたずんでいると、
大学の運動部らしき二人《ふたり》が、通りかかった。
「よし、ガソリンスタンドまで、
クルマを押《お》すぞ!」
先輩《せんぱい》らしき学生が声を上げた。
近くのガソリンスタンドまでは、
1キロ以上の道のり。
二人は、汗《あせ》をかきながら、
必死《ひっし》にクルマを押し続けた。

数十分後、美女を乗せ、
二人が押し続けたクルマが、
ようやくガソリンスタンドにたどり着いた。
二人は、歓声《かんせい》を上げ、
ようやくクルマを押す力をゆるめた。

しかし、女性は、お礼《れい》を言うこともなく、
また、悪びれるふうもなく、
笑顔《えがお》で言った。

第100話

催《さい》眠《みん》術《じゅつ》師《し》

催眠術師が、女性の耳元《みみもと》で、何かの言葉を唱《とな》えた。
すると、それを聞いた女性は、
鳥のように手をバタバタさせ、舞台上《ぶたいじょう》を走り回った。
「そんなのヤラセだろ！」
いかにも猜疑心《さいぎしん》の塊《かたまり》のような中年男性が、
客席から大きな声で叫《さけ》んだ。
催眠術師は、彼を舞台に上げると、静かな声で言った。
「私が今から唱える呪文《じゅもん》とまったく同じ言葉を、
頭の中で唱えてください。そうすると、
あなたの目には、黒い色が、すべて赤い色に
見えるようになってしまうでしょう」
そして、催眠術師は、大きな声で言った。

アラアラフカシギ、アカイロクロイロハイチェンジ！
アラアラフカシギ、アカイロクロイロハイチェンジ！

男は絶叫《ぜっきょう》した。
先ほどまで黒く見えていたもの——
催眠術師《さいみんじゅつし》の衣装《いしょう》も、
観客席にいる人々の髪《かみ》の毛も、
すべて燃《も》えるような赤色に見えたからである。
観客席からも悲鳴《ひめい》のような声が聞こえる。
催眠術師はあわてて言った。
「これはこれは失礼しました。
この催眠術は、あまりにも強力だから、
この男性以外のお客さまで
呪文《じゅもん》を唱《とな》えた方も、
催眠術にかかってしまったようですね」

おやおや、
読者の皆《みな》さんにも
催眠術が
かかってしまった
ようですね。
私が指をパチンと
鳴らします。
そうしてあなたが
ページをめくれば、
催眠は解《と》けます

エピローグ

イジメを苦にして、
ビルから飛び降《お》りた男は、
超人《ちょうじん》になることを夢《ゆめ》見ていた。
超人になって、困った人、か弱い人を
助けたいと思っていたのだ。
しかし、地面に衝突《しょうとつ》した直後、
彼の身体《からだ》は、バネのように伸縮《しんしゅく》して大きく弾《はず》んだ。
そして、ビルにぶつかり、
ビルには人型《ひとがた》の穴《あな》があいた。

さらに、ローラーにひかれてペラペラになり、
そこに至《いた》って彼は悟《さと》った。
作者は、物語の中で、自分を
超人にするつもりも、
悲劇の主人公にするつもりもない。
自分が登場させられたこの物語は、
ドタバタコメディだったのだ——。

- 桃戸ハル

東京都出身。「5分後に意外な結末」シリーズの執筆など。
趣味は「早寝早起き」からの二度寝。そして昼寝。

- usi

静岡県出身。書籍の装画を中心にイラストレーターとして活動。
グラフィックデザインやwebデザインも行う。

5秒後に意外な結末　パンドラの赤い箱

2016年12月13日　第1刷発行
2025年3月31日　第17刷発行

編著	桃戸ハル
絵	usi
発行人	川畑 勝
編集人	芳賀靖彦
企画・編集	目黒哲也
発行所	株式会社Gakken
	〒141-8416 東京都品川区西五反田2-11-8
印刷所	中央精版印刷株式会社
DTP	株式会社 四国写研

● お客様へ
【この本に関する各種お問い合わせ先】
○ 本の内容については下記サイトのお問い合わせフォームよりお願いします。
https://www.corp-gakken.co.jp/contact/
○ 在庫については TEL03-6431-1197（販売部）
○ 不良品（落丁・乱丁）については TEL0570-000577
学研業務センター　〒354-0045 埼玉県入間郡三芳町上富279-1
○ 上記以外のお問い合わせは TEL0570-056-710（学研グループ総合案内）